SINFONÍA DE LOS SIETE SOLES

(Violetas, Cuentos, Recuerdos, Magia, Sueños, Sol y Romero)

JUAN ANTONIO ABASCAL RUIZ

Sinfonía de los siete soles
(Violetas, Cuentos, Recuerdos, Magia, Sueños, Sol y
Romero)

ISBN-10:1630650374
ISBN-13: 978-1-63065-037-7

PUKIYARI EDITORES
www.pukiyari.com

Dedicatorias

A los paisajes rotos de todos los tiempos.
A los ríos que llevan nombre de hechizo.
A las músicas de cantares de ciego.
A los recuerdos de hombres, mujeres y niños.
A los pueblos solo recordados en el silencio
de los que los vivimos.
A los olivos, a los pinos, a los almendros.
A las aguas que nos caen del cielo.
A los dragones que existen en los cuentos y
que solo comen violetas y sueños.
A las hogueras de tomillo, esparto y romero
A los humos azules y blancos
de los que salen la magia de los sueños.
A las ciudades donde vamos
buscando encuentros.
A las miradas casadas con el mar, el cielo,
la música y el viento.
A la isla donde termina el mundo
y comienza el fuego.
A los mares amarillos,
a las piedras rotas por el viento.
A todo lo que hace ver, por el amor,
el mundo bello.

ÍNDICE

OUVERTURE

RECITATIVO

Querido amigo: Tengo en mi bolsillo tu misiva y aún no sé si la contestaré o no. Me hablas del sol de Valencia y de la luz de Mediterráneo reflejada en el Grao. Recuerdo todavía, ¡cómo podría olvidarlo!, el suave sabor de la carne de las anguilas de la Albufera en los *empanadons* que hacía mi madre. Cada día mi padre, a la vuelta de la Catedral, ponía unas monedas en mi mano para que bajase a comprar dulces de cabello de ángel y vino de Málaga. La casa era una fiesta. El sol marcaba el momento en el que todos sabíamos que se comenzaba a desdibujar el Miguelete. Era entonces cuando mi madre se dirigía al piano, el abuelo acariciaba el violín y con un golpe suave de su dedo índice hacía que acudiesen a nuestros oídos todos los sonidos de Cremoma. Nacía el milagro.

Créeme, amigo mío, cuando te digo que esos atardeceres valencianos lograban que el sol amaneciera por occidente.

Las cuerdas acariciadas por la vieja mano de mi yayo, el sonido de las teclas del piano, junto con las notas traídas por mi hermana Tremedal desde su regazo, donde apoyaba la viola de gamba, hacían que el sol se levantara de nuevo. La bella voz de tenor de mi padre evocaba el Mascio, la bahía de Nápoles y la costa amalfitana. La coloratura de su voz competía en transparencia con las gotas de rocío. La una llevaba su canción al puerto y la paseaba por las calles y las otras hacían brillantes todos los patios, los tendedores de

ropa y los jirones de cielos adivinados desde las calle-
jas. Todo, todo, gente, olores, gritos y colores se con-
vertían en melodía al topar con San Carlos.

Embarcado en sus arpegios ya no era yo el *xiquet*
de las calles. Era el dueño del teatro. Las damas napo-
litanas cuchicheaban mi nombre tras sus abanicos. Sus
maridos y sus amantes se quitaban el sombrero para
mostrarme sus respetos. ¡A mí! ¡Al hijo de un falsetista valenciano! Los severos rostros de los capellanes,
arciprestes y canónigos de la Catedral; la preocupación del Arzobispo D. Andrés Mayoral por recaudar el
dinero necesario para volver a decorar la capilla con
los ángeles renacentistas que Rodrigo Borja encargó
para nuestro templo; las envidias y rencores existentes
entre los miembros del Cabildo, junto a la necesaria
apariencia, muchas veces falsa, de probidad, pasaban
a ser motivo de jolgorio cuando mi padre las contaba
y, apoyado por mi madre, hacían teatro imitando las
cucamonas de las beatas y los resabios entre mosenes
cuando una penitente cambiaba de confesionario.

El contrapunto a esos mismos temas lo hacía mi
abuelo con sus historias cada vez más justas y melan-
cólicas a medida que los sueños de su vida se desva-
necían para quedar tan solo la realidad de las ausencias.

Mi padre jamás faltó al respeto a D. Andrés, ni
siquiera con nuestro humor gráfico casero y valenciano, y siempre la familia apoyó al titular de la Sede
en lo que fue su mayor creación: el Colegio Imperial
de Huérfanos de San Vicente.

Te he contado muchas veces cómo y cuándo comenzó mi padre a llevarme a la Catedral. Entré en el coro con gran preocupación por su parte. No quería verme recorrer su mismo camino.

No quería que la Sede Valenciana me enviase a Roma, a la Capilla Juliana, para continuar, con la renovación de la sangre española, el viejo pleito entre falsetistas y *castrattis.* Siempre que le he hablado de ello he visto las lágrimas de sus ojos y su mirada empañada diciéndome:

—*Vicentet,* que nunca te oigan cantar. Solo mira cómo las manos de Mosén Cinto recorren las teclas del clave y escucha. Escucha y ve la música. Recuerda: ese idioma único en el mundo te hará grande y te llevará donde quieras. Solo en esa lengua se entienden los emperadores con el común de los mortales. La música es el idioma del amor, de la pasión, del juego, de la esperanza. Es la única forma de lograr que un rey se levante de su trono, que un papa cambie un decreto de excomunión por una bula y que un noble condescienda en tratar de igual a igual a un plebeyo.

Aquí, sonriendo y mucho más bajo, con el dedo corazón apoyado en sus labios me decía:

—Bueno, también en otras ocasiones, pero eso lo sabrás más tarde.

Enmudecía y yo veía pasar nubes por sus ojos y enrojecer sus mejillas hasta que su mirada se volvía fría y gris como un amanecer de invierno, y terminaba siempre con la misma frase:

—Nunca cantes: compón música para que otros la escuchen, la bailen, y tú dirige. Dirige siempre.

¿Ves? Lo has logrado. Me has hecho recordar cosas ya casi olvidadas, y me has puesto en la cara, pensando en ti, una sonrisa. La misma que tenía en Viena en nuestros días de triunfos, gloria y música pero también la misma que hace diez años, en Londres, hiciste desaparecer de mi boca entre Brígida y Anna.

No sirve que me digas ahora que gracias a tus devaneos he logrado ser Consejero del Zar Pablo I. Ya no amigo; ya no.

Sé que no lo sabes pero tenía que estar cerca del nuevo Zar y traer a la capital al fundador de Odessa, al Secretario y Traductor de Orloff en Livorno, al Capitán del Ejército Napolitano y Español, e hijo de servidores de nuestro Rey Carlos III, Emperador de Austria. Necesitaba que el uno creyera que así se vengaba de Catalina y el otro que el Emperador premiaba sus méritos de soldado. Tenía que hacer sentir al marino de guerra del Mar Negro, al napolitano, al oficial, que no caballero, al espía, lo que eran el miedo, el frío y el terror más abyecto.

Seguí durante años su ascenso con Potemkim, la creación de la flor rusa del Mar Negro y de Odessa, su vuelta a San Petersburgo. Lo logré. Vino a esta ciudad y vivió los halagos, el éxito y el favor del soberano. Luego, su nombramiento como Contraalmirante y su vuelta a San Petersburgo. Su sol había alcanzado el cenit, su boda con la presencia de Catalina y, cuando quise, traje a su memoria el miedo.

Mi poética y musical venganza, pensada durante treinta años y magistralmente ejecutada, solo ha servido para que Ribas lograra el perdón deseado en el nadir de su vida y yo continúe muriendo cada noche.

Él solo tuvo que poner el sonido de su corazón en la mano de mi Princesa. Yo tengo que seguir viendo cómo mis flores se hunden cada madrugada en el Neva.

Mozart, cuando quiso hacer magia, hablar a los pájaros y poner el tiempo fuera de los relojes, no te llamó a ti. Fue Schikaneder quien puso esta vez el libreto porque todo el recuerdo era mío y suya la música. Era mi cuento y su maravilla.

Amadeo y yo cargábamos el aire de sonidos en nuestras noches españolas de Viena mientras tú hacías volar en ellas las palabras dichas recogidas por tu pluma. Ahora, amigo mío, Wolfgang está muerto y mi magia acabada. No voy a dejar que me conviertas de nuevo en un peregrino.

Estoy cansado. No quiero que en mi vida amanezcan más soles. No creo que supieses escribir sobre la música que pienso. Es más, no quiero que haya letra. No deseo para mi última obra otro libreto que no sea solo mío y de ella.

Haré como Wolfgang y, cuando todos estén borrachos bajo las mesas, aprovecharé la fría luz de estas noches de San Petersburgo para hacer que suene mi *addio* justo en el momento de su estreno. Así no me lo robará nadie.

Si ella viene, añadiré tiempo a mi descanso. Si no

lo hace, dejaré que los compromisos arruinen lo que queda de mis recuerdos. Los mismos que acogieron mi juventud en el sol de la Toscana lo harán en mi vejez, con igual brillo pero sin luz. Solo si ella viene. Tan solo con que quisiera hacerlo, volvería a sentir el calor que siente un enamorado con su presencia y con su voz, el aroma a violetas, espliego y luz.

Me hablas de un mundo nuevo que nace al otro lado del Océano Atlántico. Comentas tus ilusiones, lo que podríamos hacer juntos en esa isla con el nuevo nombre de un viejo condado inglés, arrebatado a otro nombre holandés aún más antiguo.

Este, mi mundo, sí es un mundo nuevo. Una nueva ciudad sobre un mar hecho nuevo por un zar. Si camino, sea de día o de noche, veo trabajo y gente que ríe, llora o que simplemente vive. Llegas tarde. Hoy solo tengo una mirada, y está sobre el río que me espera.

Sigue habiendo en mí soles, ríos, miradas, ciudades y leyendas. Nada de eso quiero que importe ahora. Continúas mintiendo en tu carta al decir que te preocupas por mí, por mi futuro y por cómo entenderé los cambios ocurridos en Europa.

Ninguno de ellos es nada para los que se avecinan. Ese es otro motivo para estar aquí, para ver si son ciertos los miedos de mi protectora y libretista. Quiero saber si he llegado, por mi música y su vida, a entender la entrega del alma rusa. Ver si su secreto mereció la pena y si realmente él, Zar o loco, tiene razón al llamarle Anticristo.

No me pareció que lo fuera al conocerle en el París de 1795. Sí, en cambio, me sedujo la gloria de la belleza de Josefina y Teresa. ¿Cómo iba a fijarme en un pequeño y verde general teniendo al lado el café nacarado de la Beuharnais y el suave aguardiente de la Cabarrús? Me conoces bien: he hecho sonar veinte cañones en un carnaval solo por ver una sonrisa real.

¿Sabes? Es curioso ahora que lo pienso: nunca he salido de falsetistas y *castrattis*. He puesto música a pasiones y he hecho bailar a emperatrices y plebeyos. He visto cambiar el mundo pero siento que yo no he seguido su mismo ritmo. Creo que te envidio porque, a diferencia tuya, de mí siempre dirán que me acompañaron el miedo, los recuerdos, el respeto y el qué dirán de la gente.

Nunca, ni en mis noches de migraña o borrachera, ni a Julia, ni a las magas siquiera, he confesado por qué he hecho lo que hacía. Tú, mientras, amabas y olvidabas con la misma velocidad que escribías. Quizás sea eso lo que no estoy dispuesto a perdonarte. Disculpo el uso y abuso de nuestra común formación, pero no puedo perdonar porque te envidio la ligereza en tus cambios, el tirar tus recuerdos como se echa la ropa vieja y el quemar tu pasado mudándolo cuando convenía.

Sí, querido Dal Ponte, insigne libretista, favorito de Mozart y rival de Metastasio y Goldoni. Súbdito de la Serenísima República de Venecia, seminarista, abate, profesor, epatador, memorista, amante y ¿algo más que olvide? Ah, sí: agente destacado del *Uffici del Dux* veneciano y, como diría la gente de la tierra que hoy llamas a mi recuerdo: *marranet*. Siempre supe

Emmanuel Cornegliano, pequeño circunciso, quién eras aunque te recubrieses de hechos y aconteceres de cristiano viejo.

Nunca me importó lo que sobre este punto hicieses. ¡Bastante tenía que cubrir yo! La historia de las bodas de mis padres es, más que drama *giocosso*, una auténtica *Comedia del Arte* que merece trato aparte. Los desencuentros de los tres protagonistas, padre, madre y abuelo, de no ser por sus otros implicados, desde el Papa hasta D. Carlo y D. Luis de Borbón, parecerían el sueño de una noche de verano. No voy a hablar de ello.

Decididamente, mientras espero la chalupa que me lleva a la isla de las liebres he llegado a la conclusión de no contestar tu nota. Veo acercarse el fanal y oigo ya los remos de mis bateleros venesianos. Haré llegar al prisionero de la Fortaleza de Pedro y Pablo unas notas de consuelo, y en lugar de perder mi tiempo contigo, pensaré.

Recordaré cuando era joven y veré cómo mis primero éxitos de compositor en La Granja de San Ildefonso me promovieron al nombramiento como Maestro de Música del Príncipe de Asturias. Este magisterio me permitió llamar a las puertas del San Carlos, de la Academia de San Onofre, pero fue Farinelli quien, sin yo saberlo, las había dejado abiertas desde su retiro boloñés. ¿Supones por qué y por quién lo hizo? ¿Vas entendiendo por qué sé de tu conversión entre fuegos artificiales y de tu bautizo por un obispo veneciano?

ANDANTE

El viaje con mi padre acompañando a D. Carlos en su ida de España tras tanto tiempo. El abrazo de despedida del Infante D. Luis en Madrid, los días en Zaragoza, el ya casi desdibujado recuerdo de mi abuelo, la cada vez más importante presencia de su sobrino Pedro Pablo Abarca de Bolea y, como telón de fondo, como ocurre siempre en España, la envidia entre los poderes que dicen que al pueblo representan.

El nacimiento de un partido españolista, curiosamente amamantado por el recuerdo de Alberoni y de sus tesis políticas recogidas por Wall y otros apellidos igual de españoles, era una realidad creciente. Estoy seguro que el Cardenal Alberoni no dio todos los papeles al Archivo Vaticano. No sé por qué, pero ahora veo claro que mi abuelo lo sabía.

Puntos de la conversación mantenida por él con el Capitán General de Valencia, Conde de Aranda. Pésame de familia tras los cuatro años de luto por el unigénito perdido. Cartas cruzadas con Gregorio Mayans, un encuentro ¿fortuito? "provocado" por el mismo Alberoni y el un aún más "casual" reconocimiento público de D. Ricardo Wall con motivo de su reencuentro tras la guardia en un nacimiento real.

Volvía a ser necesaria, otra vez, una España más fuerte y que de nuevo mirara a Italia. El miedo de Europa, de sus viejas testas coronadas, hacía pensar en molinos convertidos en gigantes y volvía a ser necesaria la presencia de un D. Quijote.

A mí nada de eso me importaba, solo quería triunfar y que mi música llegara a todos los sitios donde hubiera lugar. Nada, nada es casual amigo mío y menos en estos tiempos.

Me gustaría que te preguntases por qué esa compañía de ópera italiana ha llegado a Nueva York. Si en verdad ese cantante se llama como dice llamarse o bajo su habla italiana se esconde el acento andaluz. Yo ya no estoy en el juego y tú pretendes que voluntariamente lo has dejado también. Nunca has sido fiel, amigo mío. Si en verdad lo has dejado, solo ha sido por falta de encargo, no por presencia de escrúpulo. Sé la verdad. Tu amante dejó de casarse con el mar. Éste ya no le traía pieles ni joyas con los que llenar sus depósitos; y su guapo, convertido en rufián, compraba a otros bellacos como él los favores para quedarse con los últimos despojos.

¡Dios, cuánto amé Venecia, sus canales, sus palacios! El primer lugar en el que la Academia dio los laureles a una mujer y ornó con ellos su cabeza fue la novia del mar.

No necesitaba para su interés otra flota. Su Dux y su Consejo hacían patricios y era un honor serlo, incluso siendo Duque de otros reinos.

Giacommo Casanova, a pesar de tus cuentos, lo tuvo más claro en todas sus andanzas. Pasión, amor, interés, intriga y el orgullo de ser veneciano y caballero. Nunca intentó justificar lo que hacía, simplemente lo hizo.

ALLEGRO
"Ma Non Troppo"

¿Recuerdas la tarde en que le presentaste a Constanza? Amadeo estaba escribiendo lo ya ejecutado en su cabeza antes de compartirlo con nosotros en el piano. Aún puedo ver a Constanza enrojecer ante los requiebros del viejo Caballero de Seingalt y decirle que se contuviera, que allí estaba su marido, y a él contestando:

—Ah, siempre los maridos, presencia indeseada para mí e insoportable para ambos.

Aquella noche tuve la absoluta certeza que Mozart sabía quién era en realidad Casanova. Simplemente lo miró y volvió la vista a su mujer y rió, con aquella cómplice y escasa risa suya ante la frase que sin duda habíamos pensado más de una vez, aún sin tener el descaro de decirla tan clara. Me miró e hizo el gesto de las princesas de la Corte de Viena. Tocó unas notas de fuga y seguimos hablando de las Carnestolendas.

Yo recité a grandes voces el romance de D. Carnal y Dña. Cuaresma y, al comentarme Amadeo su idea de soprano, seguí con Dña. Endrina y entre juglaría y clerecía, sintiéndonos maestros, bebimos té y *schnaps* y hablamos hasta que el reloj cantó no sé qué hora.

Debía ser ya muy temprana la nueva mañana. Constanza en algún momento nos había dejado y Casanova nos observaba con lo único vivo que le quedaba: su mirada.

En nuestra ensoñación etílica, cuando el alba hacía de la noche jirones rosas, con la pluma de ganso Wolfi cercó, sobre la nueva pared que el juego de candela y sol hacía crecer, una sombra dejada por el último rastro negro de la noche en su retirada.

—¡Mira! —exclamé—. ¡La Reina de la Noche!

Y nos lanzamos a un compás desenfrenado, a cuatro manos, cada vez más rápido y agudo. Giacommo paró el reloj, antes de que su carillón marcase el cuarto, y se fue de la habitación. Nos hizo gracia. Mozart estranguló su risa con un pañuelo y dibujó las notas en su cabeza llena de pentagramas.

Te escribí contando todo lo que habíamos hecho esa noche. Te habían expulsado de Viena por inmoral, pero veo que o no lo leíste o no te importó o no te enteraste de nada. Igual que haces cuando no te pagan. Recogí las notas dejadas por Giacommo y vi que nos había regalado un hermoso poema.

ANDANTE
"Lento"

Reclamas por nuestra amistad, que tú llamas eterna y yo pasada, una carta. No es para ti ninguna de ellas.

La barca me ha recogido en los malecones de granito rosa y veo el nuevo Palacio de Mármol, Nuestra Señora de Kazan y el Castillo de los Ingenieros. Mientras los remeros bogan, pienso si realmente le sirvió al pobre Pablo para algo su construcción y diseño.

Intenté decirle: «¿Recuerda Majestad la música de Jomelli y lo que le ocurrió a Dido?». Solo para él compuse una fuga que rompí luego. Era el tema de Ícaro en el laberinto.

El minotauro tenía el mismo nombre que su hijo y sayón: Alejandro.

A partir de las noches septentrionales que constituyen hoy mi vida he llegado a tener una dieta de fantasmas, entre los que ya estabas formando parte. No estoy dispuesto a ver que con el sol tienes sombra. Estás muy bien como te encuentras ya en mi vida: como un espíritu. No como la que veo y oigo en la orilla del blanco mármol del malecón cuando sube la marea.

¡Dios mío! Ella fue mi vida y la negué tres veces: ante la Iglesia, ante mi Rey y ante Catalina. Negarlo solo sirvió ante Catalina: para entonces ella estaba muerta y Catalina, la Princesa alemana, la mujer del Zar, ya era la Emperatriz, la Madre de todas las Rusias. Orloff no era un problema —la familia había servido los propósitos de Catalina— y la gloria de la Zarina y su poder absoluto eran incontestables. Yo no solo sabía disimular sino moverme entre los halagos a los poderosos y lograr que los susurros que vertía en sus oídos fueran interpretados como voces de su conciencia. Daba y quitaba favores y fortuna mientras seguía con mi música, sin olvidar el *ballet* en el que todos los que habían causado su ruina, sobre todo él, Ribas ante todo, quien ahora era ya un pobre y pálido fantasma que solo vivía esperando reencontrarse con honores que no sabía por quién había perdido, bailarían; y ella, solo ella, mi Anna, sería la protagonista absoluta. El final sería su gloria: el reconocimiento que en vida, quienes decían amarla, aprovechando su inocencia y su bondad, le habían quitado todo hasta robarle también la vida.

Eran años de leal servicio. De buscar mi ocasión cambiando de protector y de Corte. Ya era consejero y el músico elegido para poner música a un libreto de Catalina. Ya sabía disimular mi interés e intenciones. Era un súbdito leal entrenado para ello.

FUGA

Al preguntarme la Zarina si los colores del Adriático y del Tirreno, vistos desde la costa dálmata o desde los puentes de los barcos que hacían cabotaje, eran similares a los del Mar Negro, le dije que sí.

Me preguntó acerca del Campo Ligur o de los verdes colores de la Toscana y pude, con la mejor de las sonrisas decirle que Crimea era aún más hermosa que Parma, Verona, Venecia o Pádua. Le hubiese dicho también que la Catedral de San Nicolás era más grande aún que San Pedro y que sus campesinos eran más felices que los napolitanos, igual ahí no hubiese mentido. También aplaudí la puesta en escena y la tramoya que Potemkim organizó para su ex-amante y Emperatriz. Es más, me permití tararear unas notas de baile cuando el todopoderoso Virrey mostraba su decorado a una Corte que solo soñaba en volver a sus palacios en la capital de todas las Rusias. Faltó poco para no perder la melodía cuando el Virrey me preguntó si mis notas formaban parte de una zarabanda o de una giga. Muy serio le contesté que aún dudaba si eran notas de fuga, de motete, de *ballet*... O de *tarantella*.

Poniéndome treinta monedas de oro en la mano dijo:

—Deshaz la fuga. Que sea *ballet* para que todo el mundo baile con la música que te pago. Son de oro porque ella es Emperatriz y tú no eres ningún apóstol, pero recuerda que tu arrepentimiento, como el de Judas, lleva consigo una cuerda y que aquí no hay tarántulas.

—*Sire*, para lograr una cuerda haría falta desmontar una tramoya y encontrar entre el papel un árbol, cosa que ni a Su Excelencia ni a mí nos conviene. Si la sangre de Nuestro Señor Jesucristo se pagó con treinta de plata, ¿cómo he de negarme a aceptar, callando, las treinta de oro? La religión católica que profeso eleva la generosidad de los fuertes con los débiles al grado de virtud y, ya que Su Alteza ha captado las notas de una fuga, por si no le gusta en este momento esa melodía, será para mí un honor hacer caso de su fino instinto musical y convertirlo en *ballet* que todos bailen.

Y en cuanto a tarántulas casi le digo: «*Sire*, he visto una muy grande y con uniforme». Pero callé esperando mi tiempo.

—Así sea —me dijo el Príncipe.

—Así será, Excelencia —contesté barriendo el suelo con mi sombrero y recogiendo el oro.

—¿Qué hablabas con el Príncipe de Potemkim? —me preguntó después Catalina.

—Majestad, El Príncipe solo quiere ver a su Emperatriz feliz ahora y aquí por la nueva Grandeza de Rusia que solo a Catalina es debida. Su leal vasallo solo desea que los hermosos ojos azules de su Reina guarden para siempre la belleza de esta nueva tierra. Me pedía que, con la mayor discreción, siguiese vuestros gestos y miradas y los convirtiese en música. Todos sabrían, de esa manera, que la Madrecita de Rusia, siempre agobiada por el trabajo de Estado, había tenido unos momentos de felicidad en esta nueva parte de la Patria. Creo que piensa que si Su Majestad pone la letra en un *ukase* de repoblación, esta se convertirá en una nueva tierra de promisión. Por favor, Mi Dueña —terminé diciendo—, no le diga nada. He convenido con él que sería un secreto también para Su Gracia.

—Eres sincero, español, y sabes que nada se me escapa. ¿Cuánto te ha pagado?

—Treinta monedas y un deseo. El deseo ya lo conoce Su Majestad y, en cuanto al precio, solo lo he aceptado en nombre del Tesoro Imperial.

—Sean tuyas las monedas y que te den el doble más. No te pago tu música, que ya es mía. Solo recompenso tu lealtad.

¡Qué cierta es la frase que trajo el padre de mi madre del Castillo del Santo Ángel tras su entrevista con el Cardenal Altieri!

«Tomad nota para el mejor servicio del Papa-Rey y de los cardenales zelantis: la mentira es la mejor arma de seducción que aquí aprenderéis para hacer frente y luego vencer a los poderosos. Usadla para el mejor servicio al Papa y al trono de San Pedro, no es pecado sino puerta de entrada, seguridad y estancia».

LENTO

Ha cantado el gallo en mi vida. Hoy sí puedo decir que la conocí y que la amé. Mi castigo es haberla visto muchas noches dibujada en gris sobre rosa y blanco y no poder tenderle la mano mientras veo cómo se ahoga todos los días cuando sube la marea del Báltico sobre el Neva y el agua inunda su cárcel día tras día.

Y sueño, y la veo y recuerdo…

ALLEGRO

Seguro que tú ni te has planteado el tema. Ya lo resolviste hace muchos años dejando atrás tu pasado, tu credo y tu conciencia. No es crítica. Es la simple envidia la que habla por mi boca.

Me gustaría poder hacer lo mismo que haces tú. No puedo. Supongo que será cuestión de fidelidades, de miedos o de pura y simple necesidad de sentirme miembro de algo que perdure. Sentirme parte de algo que sea más que yo. Creer que, cuando yo mismo sea uno más de los espíritus que buscan el descanso, este me será concedido por haber sido miembro de ese algo. Espero que mis hechos sean perdonados por quien, creo, puede hacerlo. De esa forma, el día en el que todo mi cansancio de ahora me vista, y esta blanca y casi eterna noche que me cubre desaparezca, mi cuerpo hallará el descanso en la humilde casa de la calle de los betuneros.

ALLEGRO
"Ma Non Troppo"

—¿Eres tú el paje músico, niño? ¿Vas a tocar para la Princesa la nueva música napolitana?

Volví, un poco mareado aún por la belleza del lugar y deseando que me diesen tiempo para dejar el hatillo en la habitación a buen seguro compartida, dispuesta encima de las caballerizas, con el lecho pendiente tan solo del puñado de hojas secas de maíz o paja de centeno con que tuviesen a bien mullir la cama, si es que mi calidad de paje músico me hacía merecedor de ella.

Ansiaba, con la fuerza de mis quince años, descansar al menos una hora antes de presentarme ante la Princesa Elizabeth Anna Petrovna Tarakanov, y, llevado por la coquetería de la edad, planchar la casaca y peinar la peluca.

En mi paso por Roma había sido advertido de la importancia del encargo y del cuidado y disposición que de mí se esperaba. No se había valorado tan solo desde la Secretaría de Estado y del Palacio del Cardenal Legado de Nápoles mi profundo conocimiento musical y mis dotes de concertista, sino mi sonrisa de niño bueno. Habían valorado mi habilidad en el baile, la limpieza de pensamiento y el deseo de servir a la Santa Madre Iglesia con la tozudez propia que me daba la parte de sangre aragonesa. No era menor la seguridad en el servicio a la Santa Sede, el aval de mi familia, el conocimiento de los secretos de comunicación y el entrenamiento desde niño en los contenidos encargados a Fe y Tolerancia.

Me volví y, ¡Virgen de la Merced!, todo cambió en el tiempo que pasa entre oír una voz y reflejarme en una mirada. ¡Qué bella era! Una falda plisada de tela basta de algodón, la cofia blanca que dejaba asomar unos bucles negros, sus ojos verdes… ¡Qué sé me yo!

Dejé de lado peluca, jubón, habitación, recomendaciones y hasta la música se me olvidó.

—¿Es a mí? Sí, no sé…

Rió y se abrió el cielo. ¿Para qué buscarían un paje músico en aquella casa? Con hacerla reír habrían tenido toda la música escrita, y la que aún faltaba por escribir.

—¿Qué miras? Cierra la boca de una vez, no te entren moscas sino gaviotas también.

Cerré la boca y más que rojo, carmesí, intenté hablar. Tatianna me aconsejó:

—Quítate la lazada, si no te vas a ahogar. No queremos que eso pase. Al menos no antes de saber si es cierto que tocas mejor de lo que hablas, si es que sabes decir algo.

Me azuzó esa frase hecha con un tanto de ironía y un mucho de sarcasmo.

—Sí, soy el nuevo paje músico de la Princesa. Sé hablar. Sé música y sé componer. Sé hablar a través de mis manos. Y sé callar, también.

—Es verdad lo que me han dicho de ti. Esta noche te oiré.

Y cruzó la estancia para entrar y quedarse en mi corazón.

ALLEGRO
"Allegro Assai"

El cochero entró en aquel instante e inició una reverencia que la muchacha cortó con un ademán.

—Ya veo que has cumplido el encargo. Lo que no sé es si lo has hecho entero o a medias, o si nos han engañado estos católicos en el peso o en la carga. ¡Ya veremos!

—Madrecita, el joven ha venido cantando todo el viaje desde Pisa, desde que lo he recogido. Es atrevido y discreto, un tanto silbador y no precisamente cuando pasaban ovejas, sino gente vestida de lana de colores y estameña. No le penes demasiado, es casi un niño y aún sueña.

—Creeré en ti como siempre, Alexis Alexandevich. En tus manos lo dejo. Y para que veas que es cierto, toma. —Del capazo de mimbre que llevaba colgado en un brazo tiró una flor que el cochero recogió en el aire y besó.

—Otra para ti, mi nuevo paje, espero. —Esta vez fue ella la que puso el beso.

Una segunda rosa voló en la sala y cayó ante mí en el suelo, y allí permaneció mientras Anna salía riendo y diciendo:

—Acuérdate de las gaviotas, músico.

—No te preocupes Vicente, a todos les pasa lo mismo —dijo Alexis.

—¿Quién es?

El enorme cochero soltó una carcajada que recorrió todas las notas de un bajo profundo antes de contestarme:

—Es nuestra Madrecita, la Princesa. La hermana pequeña de nuestro Zar, que gloria tenga de no estar muerto y, si lo está, todavía con mayor motivo.

—¿De verdad es la Princesa? Creí que las princesas no hablaban, al menos no con los criados o con gente como tú y como yo. Es más, creía que ni nos veían.

—Y así suele ser, pero no en el caso de nuestra Zarina. Ella sonríe siempre. Ella es Rusia sincera y eterna. ¡Dichoso quien la tenga, y eternamente maldito quien la haya y no la merezca!

—¿Es buena señal que al despedirse no me haya dado la mano a besar?

—Ni buena, ni mala: da igual. No quiere tus respetos, solo quiere aprender a bailar y a moverse al compás de las novedades que llegan de España, de Roma, de Nápoles y de Francia. Ya está en edad de casarse.

—¿Con quién? ¿Algún pretendiente? —pregunté recordando, entre otras cosas, por lo que estaba allí.

—Creo que un polaco aspirante al trono de su país, como todos ellos, pero no recuerdo quién. Ya sabes: todos terminan en "ill".

No sé si Alexis Alexandevich, criado, cochero y escudero de Anna Petrovna Tarakanov, captó mi sonrisa al recordar el viejo chiste: «En Rusia, ni en ICH ni en OFF», que, parodiando al Embajador Inglés ante Pedro I, contaba el Cardenal Prefecto del Santo Oficio refiriéndose a lo imposible de tratar con el Patriarca de Moscú dentro y fuera del Canon y de la Escritura. ¿O se referiría a otro asunto? Mi tiempo en su casa me enseñaría algo, mucho más.

ANDANTE

Alexis cargó con la bolsa mientras yo recogía la que desde entonces y para siempre sería su flor, y me acompañó hasta el ala de servicio. Allí encontré una habitación sencilla, muy limpia, con una jofaina y un espejo de medio cuerpo. Cama alta con doble colchón de blanda lana y una ventana desde la que se veía la Catedral de Florencia. Completaban el mobiliario una mesa y un clavecín sobre cuyas teclas pasé la mano. Sonaba afinado. Libros de viajes, recado de escribir y unas toallas cargadas de flor de lavanda en el anaquel. Una tira de cuero colgaba de la esquina del aguamanil y bajo el espejo, en una repisa, una caja con una afilada navaja de barbero.

La miré sorprendido y Alexis me dijo:

—Espero que estés el tiempo suficiente para tener que usarla. A hacerlo ya te enseñaré. Te esperamos a las ocho de la noche. Cenarás con nosotros; y a las diez, pasarás a palacio para tocar delante de la Princesa, su personal de órdenes e invitados.

Me quedé ahí tumbado en la cama, sabiendo por vez primera que había algo más bello que Nápoles, Roma, Florencia, Pisa, Livorno, la campiña toscana, Il Duomo y la música juntos. Se llamaba Anna. Abrí el breviario y guardé entre los Salmos su rosa.

Un carillón marcó veinte campanadas y, puntuales como la Guardia de San Pedro, sonaron unos golpes en la puerta.

—La cena está preparada, señor paje. Alexei me envía para acompañarle a la cocina.

Abrí la puerta y vi que quien decía esas palabras era una preciosa muchacha de mi edad, con los ojos más pícaros que hubiere visto en mi vida. Llevaba una falda corta, remangada por un extremo, y los brazos al aire. Una especie de camisola blanca con un profundo escote se ajustaba a su talle.

Miré y, no sé por qué, también ella dijo:

—Cuidado con las golondrinas.

—La Princesa me ha advertido sobre las gaviotas, ahora tú lo haces sobre las golondrinas. ¿Tenéis en esta casa alguna prevención contra las aves, sean de mar o de tierra?

Riendo me tomó de la mano y tras su andar firme y ligero encaminamos al corredor. Me llegaba de su pelo un intenso olor a albahaca

—Me llamo Ivanna y soy la segunda doncella de la Princesa.

—¿Segunda doncella?

—Ese es mi puesto... aunque... ¿tú crees que es mi esencia?

—Me gustaría comprobarlo, si tú quisieras.

—Primero aprende a cerrar la boca y abrirla solo cuando venga a ella mi nombre con deseo, o tu lengua quiera salir de ella para pasear por mi cuerpo.

—Si callo ahora y pruebo en tu pecho el olor de la albahaca, ¿encontraré ese mismo sabor bajo tu ropa?

—Quizá, si ahora paras y palpas qué es lo que mi falda esconde sin nada para taparla.

Abracé su cintura, y mis labios siguieron el camino de mis ojos. Nos apoyamos y mis manos recorrieron sus nalgas y buscaron entre sus muslos quitar lo que molestara; ella desabrochó mis calzones y encontró mi memoria presta. Acercó su cuerpo encaramándose sobre mis piernas, abrazando mi cintura, y entré mientras la recogía y mis manos eran su silla...

—¿Pero bajáis o no? —sonó una voz femenina cargada de complicidad y de risa.

—Mamuska nos llama —dijo a mi oído con voz sofocada. Alisó su ropa y se recogió el pelo.

—¿Esperamos unos minutos mientras baja lo que hemos subido? —pregunté sin saber muy bien lo que decía.

—Ni hablar. Es así como me gusta y espero que esté así más tarde, cuando la casa calle tras oír tu música. ¿Querrás tener con quién hablar cuando vuelvas, o preferirás hablar de esta otra manera?

—Pienso tocar unas notas de *ballet* a tu señora ¿Querrás que hable mientras la guardas? —No dijo nada, pero me miró y sonrió. Su boca y su mirada acompañaron la promesa con su cuerpo.

Llegamos a la cocina y la mesa estaba llena de comida. Alrededor de ella y sentado en la cabecera hallábase un criado de librea, camisa de chorreras y peluca empolvada. A su lado, una matrona espléndida, morena, sonriente y bella, aunque algo entrada en carnes.

Frente a ellos, Alexis y una mujer enorme a su derecha, toda ella grande, incluida la voz que ahora tronaba mientras se dirigía a la doncella:

—Ivanna, has tardado mucho en recoger al paje en su cama. ¿No la habrás probado a ver si estaba blanda?

Rió mientras me miraba:

—Amorcito *arich*, —dijo—, ya tenemos lumbre en la cocina, no hace falta que la pongas de tu cara.

—Ah, Sonia mala, solo sientes no haber sido tú la recogedora. Pero ya habrá ocasión de que lo hagas — contestó Ivanna sin ningún pudor.

Los criados reían a más y mejor.

Tras Sonia se encontraba un criado delgado y de ojos fríos como el acero, cuyas manos fibrosas y ágiles se habían estado moviendo incesantemente por la mesa. Se levantó e inclinó su torso, muy suave, como un suspiro.

—Soy André, el jardinero, señor músico.

Y volvió a sentarse, no sin antes servirse en el plato un gran trozo de carne cocida para acompañar una sopa espesa.

Mientras el cuerpo me insistía en probarla, y yo intentaba hacer todas las zalemas de presentación enseñadas, Grigory me puso delante una escudilla llena hasta el borde, un jarro, que más parecía una damajuana, lleno de un vino tan negro azulado y de olor tan intenso como el de la consagración en San Genaro cuando los aprendices poníamos mirra en su frasco antes de la bendición.

—Déjate de cumplidos de Corte y Cuarto y come, muchacho. Seguro que aparte del primer viaje que Alexis ya nos ha contado tienes algo más de lo que recuperarte tras el intenso camino que sin duda has llevado antes de llegar aquí. No voy a preguntarte por él, porque ya lo leemos tanto en tu cara como en el calzón.

¡Reina de Tremedal! Crucé las manos delante de mi entrepierna mientras notaba el sudor y el fuego en mis entrañas.

¡Menuda barahúnda se originó en la mesa! ¡Chacotas en todos los tonos, chocar de fuentes y platos, rodar de frutas y embutidos!

—¿Ves? No hay como decir una mentira para que te cuenten un viaje en primera persona.

Un hombre que sacaba más de dos palmos a Alexis, de unos cuarenta años, fuerte como un toro y con una camisola que después supe era de *mujik* de color rojo intenso, dijo:

—Calla Dimitri. ¿Qué va a pensar de nosotros el paje, que por cierto responde al nombre de Vicente? —y solo su voz, un poco más aguda de lo que cabría esperar por su presencia, desentonaba.

—Sí. Ya nos lo dijiste, pero "Ich" le va más por su porte. Seguro que cuando pasen unos años recordará la primera vez que se lo llamaron y dónde fue que lo hicieron. De cualquier forma, y mientras ese momento llega, voy a completar su bautizo.

Me sentó en la silla dándome una cariñosa palmada en la cabeza.

Así, sentado y más calmado, con la cabeza en su sitio después de la caricia, y saboreando cada trozo de comida que gustaba y veía transcurrió el tiempo entre chanzas.

Nunca había visto tanta felicidad en un cuarto de criados, y menos aún tanta comida. La cena, tanto en San Onofre como en Letrán, Chigi o Santo Ángel, no pasaba de ser un refrigerio entre latines, griego, *mementos* y escrituras.

Para un levantino como yo, y con madre barcelonesa, el tiempo pasado en mi formación en la "Academia" había sido un canto a la inedia crónica. Algo así, y salvando las distancias, como la existente entre los frescos de Pinturiccio, los cuadros de Rafael, los mármoles de Carrara, y la residencia en Salamanca del Domine Cabra que tan bien cuenta nuestro amigo D. Francisco de Quevedo. Diferente continente, mismo contenido. Cuántas veces con los imperiales no habíamos, con el humor de nuestros pocos años, engolado las voces, colocándonos barbas postizas solo por el poner en ellas migas de pan e imitar a los hidalgos castellanos en aquello de aparentar haber comido.

Mientras pensaba en todo ello, una miga me acertó en la mejilla.

—¿Dónde estabas pajecillo?

—Perdón, estaba recordando.

—¿El pasillo?

Me puse colorado de nuevo.

—No. Pensaba en mi tierra, en mi casa y en mi colegio de Roma, y me decía la suerte que tenéis con esta comida.

—No es suerte: es la Madrecita. No quiere que nadie pase hambre en su casa.

—Es costumbre que cada vez que alguien nuevo se incorpora nos cuente una historia. —Sonia, mientras decía esto, ponía en el plato de Alexis un enorme salami, inclinándose sobre la cara del cochero, para mí sin necesidad alguna, tapando con fruta propia el embutido ajeno.

Me fijé en el color de la cara de Alexis y en una especie de sudor perlado, quizá más debido a la proximidad de un fuego sin llama que a la llama del fogón donde reposaba el Samovar.

—¿De qué se suelen contar los cuentos? ¿Sobre qué va el tema?

—Puedes elegirlo —contestó la cocinera. Creo que tal y como inicias tu venida sería agradable que nos hablases de amores, de guerras, de conquistas, o también de amantes, o de lo que quieras, siempre y cuando sea divertido y no cause pena.

—Permitidme entonces que os cuente una historia muy vieja.

RECITATIVO
"Cuento"

La primera casa en la que serví, gracias a los buenos oficios y lealtad de mi familia, fue la de los Orsini.

Los antepasados de esa noble familia sirvieron en la Gran Gesta de Lepanto contra los Turcos. Uno, como generalísimo de la infantería vaticana; y un segundo, como comandante de una galera. Ambos murieron heroicamente, pero para el tercero, aún más bravo y con mayor fortuna, fueron tantos sus honores como los debidos a los muertos. Gran gloria, botín en oro y en esclavos.

Hombre culto y decidido, eligió entre los cautivos, más que a braceros, a escribanos y músicos, algún poeta y a un renegado, mitad judío mitad valenciano, con algo de siciliano y un mucho de napolitano. En fin, un cuentista listo, mentiroso y sabio.

Siendo el abuelo del abuelo de mi abuelo aún muy niño, oyó contar a Abdul, que así se llamaba en turco Francisco, a una mujer que se quejaba de las escapadas de su amante buscando otros *"lugares"*...

así inicia —dije, guiñando con picardía— esta historia que ahora vais a oír.

Ya sabéis que los cuentos de Oriente no comienzan por «Érase una vez», sino por «Quien tenga oídos para oír, oiga». Abrid los vuestros, amigos míos, para que fluyan en ellos mis palabras.

En el nombre de Alá, el Todopoderoso y el Siempre Misericorde. Solo Él permite que la luna sustituya al sol y que el fresco de la noche alivie los calores del día.

Con su llegada, los amantes encuentran en el cielo almas y astros que hacen de sus deseos acompañantes de ardientes y eternos amaneceres.

Ya el sol se recata cubriendo su cara con el velo de las mujeres del harén, y el planeta al que los infieles llaman Venus ha hecho con su luz lo suficiente para que de mi cuerpo salga la llave que abre tu cuarto.

¡Que su fulgor alumbre nuestra noche y tu velo caiga descubriendo a la hurí que llevas dentro, sin pudor, ante mis ojos ¡*Inch Allah!*

¿Dudas, amada mía? No lo hagas. Deja tan solo que hablen mis palabras mientras mi cabeza reposa entre tus brazos de seda.

Cuentan que una camella se lamentaba de su suerte y envidiaba a su prima, una yegua de pura sangre árabe.

—¡Qué triste mi destino! —decía a quien quisiera oírla—. Mi amado atiende yeguas saltarinas de finas piernas y lomo arqueado, sus manos acarician suaves crines y peina sedosas colas. Cabalga sobre finas sillas del mejor cuero de Damasco, y calza espuelas de plata. Habla a la oreja de su yegua y ella le entiende. Hace rápidas carreras y siente el céfiro del desierto remover su ropa, y el ardor de la corta galopada calmar su sangre. Guarda a sus corceles tras gruesos muros y hace impenetrable su casa.

Yo, por el contrario, no tengo ni suaves belfos que acariciar, ni sedosas crines que peinar, y mi caminar es lento. No entiendo cómo el Profeta, ¡loado sea su nombre!, prefirió atender los camellos de Fátima antes que los corceles de Alí. Tantas y tantas fueron sus quejas y la incomprensión que mostraba a las preferencias del Elegido, ¡Con Él el Poder y la Majestad!, que el mismo Mahoma acudió a verle en sus sueños.

—Insensata. ¿Cómo osas comparar la más fina yegua del Creciente Feliz con la más insignificante camella? El camino que marca cuando posa sus pies en la arena sirve de guía al caminante. Se necesita el soplo del Simún para que la huella desaparezca. Mira sin embargo a la fina cabalgadura de tu dueño a la que envidias: el más pequeño grano de arena que mueve cuando corre es suficiente para desvanecer su andada. Alabas sus finas piernas, ¡oh ignorante entre las ignorantes! Y no ves tan siquiera que solo sirven para caracolear y llamar la atención. Están educadas para exhibirse y que paguen por ellas el mayor precio.

El tonto que las compre solo encontrará obligaciones para satisfacer sus necesidades. ¡Y qué decir de ese lomo que ansías poseer! Apenas lo desmontas tienes que seguir con el más duro y menos placentero de los trabajos. Deberás calmar su sed y evitar sus enojos. Tienes que acariciarla y quitarle el sudor, cepillarla y buscarle agua y forraje ya que ella, por sí misma, nada de esto sabe hacer. ¡Todo esto hará a cambio de una breve marcha de la que acabará cansado de sujetar la rienda!

Escucha y entiende por qué cuidaba de los tesoros de Fátima en lugar de los fastos de Alí:

—La camella espera reclinada a que la montes, y solo cuando te siente encima se mueve, acompañando con su cuerpo los movimientos del tuyo. Su caminar es delicioso, te mece y permite que sigas disfrutando de tus sueños acompasando su paso a tus deseos. No tienes que tirar de las bridas ni hincarle las espuelas. No necesitas castigarla. Una caricia en su oreja es suficiente para que te marque nuevos caminos y te lleve a los oasis escondidos. ¡Y qué decir de su trote! Cada vez que te separa de su lomo, sientes que estás suspendido en el aire. Al caer, de nuevo notas un suave golpe que enciende tu entrepierna y desearías que su bamboleo no cesara nunca. ¡Te acerca a la gloria! Entre ella y su jinete no hay finos cueros ni adamascadas mantas. Solo su piel y el juego de la cadera. Eso permite que el placer encienda el cielo. El asiento entre sus prominencias, duras y maleables, siempre es distinto. Te cubre, te protege, te acaricia... ¿Pasa igual con la silla de la yegua? Cuando has satisfecho tu deseo y descabalgas, ella se tiende a tu lado, su sangre sacia tu sed y su leche te alimenta. Su pelo tejido hila tu jaima y no espera que la acaricies, solo que la quieras, al menos durante un instante. Penas por el cobijo que no tienes y no ves que los muros son una cárcel. ¿No tienes en tu libertad mejor albergue?

—Si es verdad lo que dices, ¡oh sabio entre los sabios!, ¿por qué los nobles montan yeguas, los guerreros corceles y los sabios camellas?

—Los nobles montan poco y quieren fuertes arrancadas, galope corto y ligero, y un firme amarre en la silla. No buscan que les quieran, ni satisfacer a su montura. Tan solo un paseo que no les deje la lengua fuera. Los guerreros desean rapidez. Herir, cortar y salir del fragor de la batalla, y hablar con sus amigos de la hermosa cabalgada. Los sabios esperan. Saben que es necesario el discurrir de los días. Miran al sol y cuentan las estaciones venidas. Escuchan el mudar de la tierra y siembran, paso a paso, para recoger la cosecha. Buscan quien les acompañe.

—Todo lo que dices es cierto, pero: ¿y el placer que sienten al montar en fina yegua levantando alrededor nubes de arena que anuncian su llegada al resto de la aldea?

—¡Ah, imprudente amada, necia entre las necias, que necesitas anunciar tu éxito para demostrar que te quieren! Mira al cielo y aprende: cuando ves una nube que recuerda a la yegua, ¿acaso no corres a refugiarte porque presagia tormenta? Sin embargo, cuando observas nubes gruesas, mullidas y esponjosas, ¿no te anuncian el placer de la lluvia? ¿No son como la blanca camella?

—Escucho y obedezco —contestó la camella.

—Ahora entiendo por qué se encierran las yeguas y los creyentes, para su placer, solo montan camellas.

Y a partir de aquel momento supo disfrutar del placer de ser camella cada vez que su amante se quedaba, hasta que llegó el momento de no buscar su dueño ninguna yegua.

Callé y tras un instante de silencio, roto solo por el codazo de Ivanna, el suspiro de Sonia, mientras miraba con ojos de plato a Alexis, y el aprobado general manifestado en palmadas sobre la mesa, sonaron a mis espaldas unos aplausos y un «Bravo».

Giré y... ¡Volví a abrir la boca!

PAVANA

Vi la Anna más bella. Pelo rojizo cayendo en cascada sobre el escote. Una fina hilera de perlas rodeando su cuello, una peca en el pómulo y una sonrisa.

—Bonito cuento paje, pero ¿no será muy alto su tono para la tesitura del que lo cuenta?

—Mi señora —acerté a decir—, solo es problema de coloratura. —Ahí me falló la voz y no sé si fui falsetista, *castratti* o contratenor.

—No cabe duda que te han enseñado un buen libreto. Ven conmigo y oigamos la composición.

Lástima de invierno, pensé. La Princesa me tendió el brazo y, como corresponde a un caballero, tras una breve reverencia dejé a su altura el mío para que se apoyara. Sin cruzar una palabra, notando su mirada en mi cara e incapaz, siquiera a hurtadillas, de buscar la suya, atravesamos un corredor de suelo de mármol y paredes de espejos y madera.

En los techos, lámparas de cristal del que dicen de Bohemia y, en las paredes, aparadores de verde mármol jaspeado con cuadros y hermosos bustos blancos.

Ante uno de ellos no pude evitar detenerme.

—Sí. Es una Venus alada. Mis criados la hallaron en el jardín, cuando cavaban para poner unos viveros de frutales. No es la primera que encuentran. Hay un médico apellidado Wilkermann que insiste en estropear mis parterres buscando Dios sabe qué. Lo tolero porque el Cardenal Alessandro Albani me lo recomendó, y también por sus contactos con Nápoles donde, tengo entendido, ha encontrado ruinas y ha hecho excavaciones de ciudades romanas sepultadas por el Vesubio, apoyadas por el Rey de España, mi primo D. Carlos. No creo que contase los mismos cuentos que tú, como no fuera cambiando el sentido. Regalaba la Venus pero se guardaba los efebos. Al parecer confundió las excavaciones con su vida, y el cuidar de sus colecciones y de las del Cardenal Albani, con abrir su puerta a alguien, que no siendo figura de mármol, recompensó sus afanes de encuentros con efebos de carne matándole en Trieste.

Al llegar a una doble puerta de madera taraceada ésta se abrió como por ensalmo y un lacayo con librea azul celeste bordada en oro, con lo que luego supe era el águila de los Romanoff, anunció a los presentes la llegada de Su Alteza Imperial. Quince personas ocupaban un saloncito oval profusamente adornado al uso y donde destacaban un clave, un arpa y ese nuevo instrumento que llaman pianoforte. Tras las reverencias obligadas, la Princesa me presentó como su aspirante a músico de capilla y describió de forma somera mi currículo.

No sé si es que estaba muy susceptible pero me pareció adivinar en los ojos de los presentes una mezcla de conmiseración y duda sobre mis valores musicales. Al parecer mi edad, vestido y presencia no me acompañaban en absoluto.

Esperé a que la Princesa se sentara y comencé a tocar con el solo propósito de deslumbrarles. Luego, como siempre, me olvidé de todo y solo vi la música. Interpreté a Cavalli, Jomelli, atreviéndome con algún canon de los recogidos por el Padre Martini y que había estudiado, casi a escondidas, en su archivo boloñés, para terminar con un minueto, oído de rondón y que desde aquel día tenía metido en la cabeza.

El Padre Martini me comentó, cosa que no terminé de creerme, conocedor de sus fantasías, que lo había compuesto un niño hijo de un músico de la Corte del Obispo Corolledo, Elector de Salzburgo, que estaba en la ciudad y al que estaba pensando reconocer con el grado de Santa Cecilia.

Su dislate llegó hasta el punto que incluso dijo que Su Santidad le iba a nombrar Caballero de la Espuela de Oro y aún más: Ese pequeño cerebro había desmenuzado, ¡oyéndolo solo una vez!, el *Miserere* de

Allegri, rompiendo así el monopolio que la Capilla Vaticana tenía sobre el mismo.

Primera y única vez que repliqué, con ironía, al maestro.

—¿Cómo —pregunté—, puede ser que oyendo solo una vez esa pieza se pueda transcribir? Es imposible replicar el efecto sonoro logrado basándose en disonancias hechas por coloratura sobre una línea vocal simple que llega hasta el Do agudo. Incluso para Vd, maestro Martini, sería muy difícil lograrlo —musité intentando que la adulación encubriera mi ironía.

Terminé con una composición propia que estrené pasada menos de una hora de haberla escrito para ella. No sería la última, pero sí la primera. Sencilla, briosa y alegre. Un solo movimiento mezcla de giga y baile popular napolitano. Recordé los sones que mi padre sacaba de la guitarra y de las notas que recordaba de su estancia en Madrid como tenor en la casa del Cardenal-Infante.

RONDO

Me devolvieron a la tierra los aplausos, el ruido de las sillas al ser desplazadas por el ímpetu del levantado, y esa sensación que te invade al oír en tu mente mezcla de trompetas y laureles: el triunfo representado por el saludo del Primer Ministro Toscano, el Conde Rosemberg.

Recogí el brazo sobre el torso, y llevando la mano al corazón me incliné muy despacio. Lo hice tres veces mientras volvía el silencio. Miré a la anfitriona esperando su indicación para continuar.

Vi que mi música había hecho algo más que disipar las dudas de los invitados. Había logrado que Anna viese las playas de Cártago, había sentido, como yo, el abandono y la soledad.

Esperamos a que la Princesa se levantara o, al menos, hiciese alguna señal para continuar o finalizar el recital. Anna hizo sonar muy leve el abanico de nácar contra su mano y se volvieron a repetir los aplausos.

No había transcurrido nada. No había habido vítores anteriores ni ruidos, ni nada de nada.

Todo comenzó de nuevo con el son del abanico contra su pecho.

Mirando hacia la jamba de la puerta de entrada, Anna simplemente inclinó la cabeza un instante y el criado tiró de un lazo de seda azul.

Una puerta disimulada en la pared se abrió y una hilera de lacayos entró portando fuentes de dulces y copas de refrescos y licores. Montaron rápido una mesa y en ella un espléndido samovar de plata.

Los invitados formaron círculos y Anna me presentó como su nuevo *Kapellmaister*.

—¿Español? —preguntó el Conde Rosemberg.

—Y valenciano —contesté con la presunción de mis pocos años.

—E imperial, por más señas, partidario y de familia exiliada, como yo, pero por causa de la Sucesión Española —añadió Tatianna.

—Español, valenciano, imperial y músico. ¿No seréis por casualidad tenor también?

—Mi padre lo es, y muy bueno.

—¿Vuestra gracia?

—Vicente Martín y Soler.

—Así y no de otra forma tenía que ser. No es la primera vez que un Orsini pide a un Martín que haga música para él. Ni tampoco que disfrute de ella, no sabiendo quién es.

—¿Orsini? ¿No sois el Conde Rosemberg?

—Preguntad, si vive, a vuestro abuelo, y si no seguro que vuestro padre os lo cuenta mejor que yo. Saludadle de mi parte y espero veros en el mismo lugar donde le conocí. Os espero en Viena donde seguro que iréis, bien por vuestra música o bien por vuestro destino. Pudiera ser que en vuestro caso ambas cosas sean una sola. —Volviéndose hacia la Princesa se dirigió a ella con una reverencia—: Perdonadme Princesa pero debo irme. Llevaré a Venecia conmigo, vuestra belleza y vuestro recuerdo.

Abandonó la estancia llevando cogida de su brazo a una dama de gentil y pálida sonrisa quien, tras tenderme su mano para que la besara, me dijo:

—Espero que algún día compongáis para mí algo tan bello como lo que hoy habéis ejecutado para vuestra Princesa.

—Será un inmerecido honor hacerlo cuando vos lo demandéis.

¿Te acuerdas, Lorenzo, de nuestro *Sueño* de la *Cosa rara* y de *El huraño de buen corazón*?

¡Ah, y cómo había cambiado Viena desde 1781! El Edicto de Tolerancia de José II me permitió hacer la música, y a ti componer los libretos, de todo lo que yo había soñado en Roma y tú habías visto en Venecia.

Con María Teresa y sus Comisiones de Castidad, de las que tanta mofa hacía Casanova en sus recuerdos cuando te visitaba, no hubiésemos podido ni vestir a Austria a la española ni torear en los salones, y mucho menos saltar la garrocha cuando nos embestían los toros, o los mansos… Que de todo había.

Lo que puedo asegurar es que de no ser por Rosemberg no habríamos podido estrenarlas. Quizás también influyó en algo esa dulce mujer que me presentó Anna y a la que acompañaba el Ministro Toscano.

Según me enteré más tarde, fue ella la que solicitó a su tío el Emperador que fuera yo quien compusiese, con motivo de su boda con el Elector de Sajonia, una ópera. Así nació el *Árbol de Diana*.

La buena María Teresa de Toscana a la que quiso enseñar su tío, al menos de oído y en teatro, aquello que Antón Clemens esperaba de ella. ¿Nos pasamos con el desarrollo del tema? No creo. El nuevo matrimonio tuvo su *Acadia* completa.

Un círculo, más alejado de los anteriores, formado por cinco personas que compartían un cierto aire de familia, esperaba la llegada de Anna. La Princesa los presentó uno a uno, indicándome su papel, dependencia y puesto que ocupaban en su casa.

Dio precisas indicaciones al intendente sobre mi ocupación y sueldo. Encargó nueva ropa para mí al mayordomo. El ama de llaves me examinó como un objeto raro y extraño. Tatianna me dejó con ellos. Ni un solo comentario sobre el concierto.

Tras agradecer las felicitaciones y pasado un rato de cháchara no pude por menos que excusarme: debía hacer mi primer informe y relatar lo visto en la cocina con el servicio e incluir lo oído a estos servidores de Corte. Antes de que el sueño me venciera tenía que apuntar el nombre de todos los presentes que habían presentado sus respetos a la anfitriona. Sentía que algo unía a ambos rangos de servicio, amén de su adoración por el ama, pero no lograba dar con ello.

Muy cansado por la tensión, el viaje y las emociones del día, solicité la venia para retirarme. Nicolai me la concedió. Dejé la recepción camino de la habitación. Recogí una candela que introduje en un fanal y anduve el camino muy despacio, sin hacer ruido, evitando molestar al resto del servicio que, creí, estaría ya dormido. ¡Nada de eso!

Apenas había traspasado el dintel de la puerta que separaba el pabellón del resto del palacio cuando llegaron a mis oídos risa, música, ruido de palmas, aplausos, y cantos en una extraña pero armoniosa lengua. Traté de ir con más sigilo pero no sirvió de nada.

—¿Dónde iba usted, señor músico? ¿No querrá por ventura rendirse en brazos de Morfeo, en lugar de en los de sus amantes compañeros que han estado sufriendo mientras a su señoría lo examinaban en palacio?

Quien me decía esto era Alexis, hablándome con su cara tan próxima a la mía, que no tuve más remedio que separarme para no caer allí mismo borracho como una cesta.

Sin esperar respuesta, me abrazó como un oso y me llevó detrás de la cocina al arrimo del jolgorio.

—Aquí lo traigo. ¡Quería irse a dormir!

—¡A celebrar, a celebrar! Bienvenido a Rusia, tu nuevo, y esperamos que para siempre, hogar.

En la *"congregazione"* me habían instruido sobre la lucha de sentimientos en los países eslavos entre renovadores y arcaicistas. Sabía del intrincado tablero que eran todas las Rusias y la Corte de Catalina la Grande, de la fe ortodoxa, de la existencia de siervos, de una casta dominante alemana y su enemistad jurada con la nobleza rusa, pero no me habían preparado para una fiesta al más puro estilo eslavo. Todo me era ajeno. Comenzando por la balalaica, siguiendo por el vodka y terminando por el caviar, la danza y, ante todo, la melancolía.

Comí, bebí, me emborraché, pasé de brazo en brazo, de beso en beso, de silla en silla y medí más de cien veces el suelo, mientras bailaba intentando levantar una pierna con la otra doblada.

Un silencio, unas notas arrancadas de unas cuerdas y una mezcla en una caja de resonancia. Sonidos puros, brillantes, escala en Sol y una voz, ¡Dios mío, qué maravilla! ¡Qué comunión de lo perfecto con lo sublime! Fue un viento fuerte que me llegó al alma despejándome la cabeza.

Pasaron los efluvios de alcohol y se volvieron notas que quería escribir y que de hecho seguí y he seguido escribiendo. Ahora ya no solo para mí. Era Dimitri quien cantaba. Sentado, sin apenas esfuerzo, con la mirada perdida más allá del infinito, ausente por encima de luces y sombras.

Un coro de voces. Todos, ellos y ellas, lo acompañaban. No era una melodía tonal ni una coral, ni nada conocido.

Me formé con la música de Palestrina y Lully. Dormí arrullado por las tercias y las nonas de los monjes de los monasterios del Cister y la Trapa. Escuché en Monte-Cassino la música que cambió la *Eucaristía*. Nada del pentagrama, del Renacimiento, de las misas de Getry, Cimarosa o Purcell me era extraño. Incluso había tenido la gran suerte de ver representaciones de *ballet*, acompañando las óperas, en Nápoles y La Granja, en Bolonia o Venecia. No era nada de esto.

No era música bárbara. Era el alma hecha canto y danza. Puro poema. Era como aquello que describía Su Eminencia el Cardenal Lorenzana y Bretón, cuando sonreíamos al verle acompañar con el ruido de sus manos, al que él llamaba palmas, nuestra música. O cuando inventaba, chasqueando sus dedos, melodías sencillas de cuatro versos encadenados. Lo hacía siempre que nos quería hablar de su Sevilla para, faltándole palabras, terminar diciendo que no era música del pueblo, sino el pueblo hecho música, y remataba su aseveración terminando con un: «Es algo más jondo que no entendéis porque os falta alma». Al oírle, oía a mi padre hablando de lo mismo con las mismas maneras.

Volví a preguntarme para qué me querían en esa casa en la que todo era música. Si sabía hacerlo, si ponía el alma, descubriría ese jondo que haría eterna mi obra y mi nombre.

De repente la luz. Ya sabía dónde había oído ese tono de voz. Mejor dicho, un tono semejante, más puro aunque menos vivo, menos natural. Había tenido la inmensa fortuna de oír a D. Carlo Broschi y comprobar que aún podría ser verdad lo que mi padre y abuelo contaban de él. Farinelli, con tan solo su voz y cuatro cantatas repetidas, cada noche durante treinta años lograba que D. Felipe V de las Españas olvidase sus depresiones y melancolías.

No sabía si creerme su disputa con un músico y cómo la voz se impuso sobre el instrumento. Oí contar incluso cómo con D. Fernando VI y Dña. Bárbara de Braganza pudo traer a su hermano del alma, el cesáreo poeta Metastasio, de Viena a San Ildefonso en un tiro de caballos lipizzanos. Solo con su interés pudo convertir en un tema de Estado la reclamación hecha por el poeta a los Borbones napolitanos.

D. Carlos VI le había dado en Nápoles un señorío con pingues rentas cuando tras la Paz de Utrecht, Nápoles había sido arrebatado a la Corona de España. La guerra igual que lo dio, lo quitó, y puso a un Borbón en el trono napolitano. D. Fernando escribió a su hermanastro para que el poeta disfrutara de las rentas, independientemente de la titularidad del trono. Muchas veces he pensado hacer del amor ambicioso de una madre una composición musical. *Tres coronas y un capelo* podría haber sido el título del libreto que toda su vida anduvo escribiendo para sus hijos doña Isabel de Farnesio.

En su retiro, D. Carlo tuvo la gentileza de cantar para nosotros, aprendices del juego. Tras oírlo ya pude creer que una voz humana es capaz de expresar cualquier sentimiento. Pero lo que esa noche oía era distinto. Muy diferente a la mejor voz que el mundo civilizado había conocido. Si una voz lograba todo esto, ¿qué no lograría un compositor que pudiera recoger esa melodía? La ambición pudo con mi entrega. *No puede ser*, me dije. *No me han dicho nada sobre ningún eviscerado.*

Los mandatos de alcohol me dieron por pensar en la indignidad que hacía conmigo la Secretaría de Estado al ponerme una sombra en mi primera misión. Total, ¿por qué? ¿No iba yo a ser capaz de distinguir una impostora, sin más, de una auténtica hija y hermana de zares?

Total eso y nada, «res de res», como dicen en Valencia.

Sumido en tan profundas reflexiones llegó el día y recogí, ampliados dentro de mi cabeza, tanto sus luces como sus sones. Dentro de mí no terminaba de clarear el alba de mis ideas. Había oído hablar de esta sensación y me parecía impostura el llamarla como en el mar, resaca. Lo entendí de buena mañana. No era menos la fuerza, el ruido, lo que se llevaba, y lo que revolvía mis entrañas.

—¡Vicente! —Un trueno retumbaba en mis oídos y una galerna cogía mi brazo al mismo tiempo que la voz me azotaba.

¿Cómo pude entreabrir los ojos para preguntar qué pasaba? Algo debí recordar del sufrimiento de Nuestro Señor pues a mi boca llegó, si no esponja, sí esparto; y si era vino lo que había bebido la noche pasada, vinagre se volvió.

Sin imitar a Cristo, ni en su vida y menos en sus penas, me sentí como un *ecce homo*.

—¿Qué pasa?

—La Princesa te llama para pasear con ella. Tiene deseos de oírte tocar de nuevo eso que llamas guitarra rusa. Por cierto: ninguno sabíamos que la conocieras.

—¿Qué? ¿El qué? Pero, ¡qué dices!

—Me refiero a tu conocimiento de la balalaica. Es la primera vez que alguien, no nacido en Rusia, logra arrancar tales sonidos. Desde luego, y ya lo comprobamos ayer, tienes alma eslava Vicentet.

No hizo falta nada más. Yo mismo me dije: «¡Cuidado con las gaviotas, alondras, golondrinas o lo que sea que fueren!». Cerré la boca mientras intentaba encontrar en la mesa, cama, suelo, aguamanil o dónde fuera que estuviese, mi ropa o lo que quedase de ella, vistiéndome a toda prisa con una mano mientras con la otra apretaba, para que no estallase, lo que me quedaba de cabeza.

Alexis me acompañó a la entrada posterior del palacio, en el comienzo de un paseo de arena encuadrado en dos filas de inmensos álamos blancos. Una pequeña colina ornada de flores y moreras interrumpía el horizonte. Nada de cipreses. Solo esperanza de sedas y notas del color de la violeta.

Anna nos esperaba ya sentada en el *fiacre* con Sonia acompañándola.

Subí al pescante. Anna tosió y sentí como un desgarro. También había oído en mi casa ese ruido de romperse el pecho.

—Baje Vd. señor músico del pescante. No está bien que su cabeza sobrepase la mía. Por menos de ello, y en otros tiempos, alguno de mis mayores le habrían hecho más bajo, quitando lo sobrante entre el cuello y el cielo. ¿Le sería mucha molestia compartir conmigo el asiento? No a mi lado, pero sí quiero ver si, en su segundo día, ha aprendido a mantener los labios juntos —dijo mientras su mano señalaba el asiento enfrente del que ella ocupaba con Sonia.

Es curioso lo que hace la belleza. Su voz sonaba melodiosa y no hacía que retumbase mi cabeza.

—Agradecido queda su humilde servidor frente a su magnanimidad, Su Alteza y mi Dueña.

—Es rápido el músico, ¿no es así Sonia?

—Debe serlo Señora. Al menos ayer tarde esa impresión le dio a Ivanna.

Anna rió tras el abanico y, aunque no vi su boca, sí vi cómo le brillaban los ojos mientras lo hacía.

—No le pongamos violento, no todavía. Sonia: no me refería a nada de pasillo ni alcoba, tan solo a sus palabras.

—Perdón Alteza. No me fijé en ellas. Las palabras no hacen bulto bajo la tela.

Del pescante llegó la voz de Alexis:

—Calla Sonia y, si hablas de ver, sube conmigo, si Mamuska lo permite.

—Claro que sí, Alexis. Ve, Sonia, y comparte. ¡Pero solo cuando pare!

Alexis ayudó a Sonia, creo que más de lo que ella necesitaba, pero menos de lo que quería ser empujada. Con un suave chasquido el tiro de cuatro corceles se puso en marcha. Tatianna entonces me hizo una pregunta extraña.

RECITATIVO
"Il Ricordo"

—¿Cómo son los jardines de tu tierra?

—Salí de ella casi a escondidas, Princesa, pero recuerdo todavía, en la Catedral, unos árboles muy pequeños cargados de flores blancas de azahar, unos

setos de mirto y arrayán y unas rosas recogidas y rojas. Los monaguillos quitábamos a los naranjos la flor,
y Mosén Cinto, el organista mayor, nos reñía por no
dejarla llegar a fruto y nos contaba que D. Andrés
Mayoral amaba la flor que daba vida al fruto de su
naranjal.

—No me refería a dónde naciste, Vicente. Me refería a los jardines de tus mayores, lo que te contaron
de ellos tus abuelos y tu madre.

—¿Puedo preguntar a mi señora cómo sabe de
ellos?

—Puedes, pero no te contestaré. Al menos no
ahora. Puedes callar o contarme.

Nada más fácil para un hombre que volver a ser
un niño recordando a su madre contarle:

—¿Sabes Vicente? Tú no estabas aún aquí, pero
yo ya sabía que vendrías algún día. La madre de mi
madre, mientras me tenía como yo te tengo a ti ahora,
me contaba que hace años, más de los que quisiera
pero pocos aún para quitar el recuerdo, mis padres y
yo vivíamos en un pequeño pueblo montado sobre una
colina con un río abajo, un mirador de piedra y una
fuente vieja hecha por D. Jaime I. Todo nuestro pueblo era de piedra rosada pulida por el tiempo. Teníamos una ermita y, en la iglesia, una campana que tañía
al viento. La plaza del ayuntamiento estaba cubierta
con soportales, el suelo de laja y las paredes escayola-
das. Apoyadas en ellas había bancales de madera de
olivo y vigas de los inmensos nogales plantados por

los moros y sanados por cristianos nuevos. Ni en los más fantasiosos cuentos podría contar que nuestro pueblo fuese de azúcar, ni que en la huerta creciese la canela y el clavo. Sí puedo decir que, terminado el invierno, los bancales se cubrían de flores de almendro y que luego los jardines eran como los de Babilonia, colgantes y de rosa blanco y suave sobre olivos viejos, de raíces como serpientes que abrían la tierra, permitiendo que entrase la vida en ella, haciendo que junto a los árboles creciese la hierba. La tierra era seca y pobre, pero en las yugadas, para finales de verano, al ceñir el aire los ababoles y mecer las espigas, todos esperábamos que llegase el olor del trigo en las eras y el de los higos y los melocotones puestos a secar sobre cañizos en las solanas de adobe y piedra. Un día oímos ruidos por el camino de Morella que atribuimos al trueno y a la llegada de la tormenta. No era así. Eran soldados del pretendiente francés a la corona de nuestro Rey Carlos III. Llegaron como el pedrisco y entre el fuego desapareció el pueblo, la fuente y el mirador. Se comieron nuestros cerdos y ovejas. Se bebieron el vino, vaciaron las artesas, y los odres murieron estampados contra el suelo. Tuvimos que huir camino de los puertos. Unos por Valderrobres a Peñarroya, atravesando Beceite hacia el rincón de Ademuz. Los menos pasaron por las horcas de Morella, perdidos entre un naufragante mar de pinos. Los más, cruzaron por Els Ports hacia las tierras de Tortosa para encontrar el mar dejando la sierra. Así nos quedamos: desamparados y en la miseria. De nuevo tuvimos que escapar de nuestra Provenza. Herederos de los albigenses y vasallos de Don Pedro por principios de honor y creencias dejamos, tras la Batalla de Muret, nuestra tierra huyendo. Ahora, tras quinientos años, volvíamos a abandonar la Gaya Aznar con un nuevo Montcremat ardiendo para nuestras miserias. Dejamos el oro de Ráfales y Fórnoles en sus cueros esperando la venta, y el arado y el azadón dormidos junto a la puerta, sabiendo que no cantarían el himno de la próxima cosecha. Quedaron abiertas las de Cretas para que pudiéramos hacer el camino hacia el Mediterráneo por Calaceite y Gandesa. Apagaron los fuegos de los hogares y a más del millar los ahogaron cubiertos de tierra. No tardaron los predios en enrronarse. Alisaron los solares condenando a las familias al olvido. Perdimos el Maestrazgo. De Monroyo solo quedó nuestro recuerdo y la Torre de San Miguel guardando el paisaje. Piedra socarrada y altiva, mirando de frente, como miramos la gente de esta tierra cuando algo, que decimos sin palabras, nos duele. La abuela vio en la bendita tierra de Valencia cómo crecían las flores, no en los árboles, sino a ras de tierra. Vio el mar y bebió el agua salada, y no le extrañó que lo fuera. El mar era muy grande, casi tanto como la Estanca de Alcañiz o más grande todavía. Supo que cabían en él todas las lágrimas y que, si en principio eran de pena, con esfuerzo y trabajo se tornarían de alegría. La abuela pidió cuatro cosas a las Vírgenes de la Fontcalda, de la Fuente y de Gracia: Que bendijera a quienes como huéspedes nos acogían. Que cuando pasasen los humos y ya no cubriesen la sierra, hiciera que el cielo del Maestrazgo tuviese el azul de la violeta. Tras estos dos, pidió como tercero que el Bajo Aragón fuera un jardín eterno sin ajorcas ni alcazabas. Que no hubiera regalías, ni dueños, ni nada de lo que mueve a los que ahora y siempre envían a los pueblos sus males. Contaba mi madre, recordando a la abuela, que la Virgen la oyó y se hizo masadera. Cada mañana, cuando la luna está todavía, mira nuestro cielo y dice: «Ángeles, labradlo». Y la tierra se abre y en cada piedra el arco iris encuentra un poyo en que señalarse. Eso, Princesa, es lo que recuerdo de mi tierra, a no ser que vos también sepáis que siempre llevo espliego cortado de una maceta, pues mi madre me hizo guarda del cuarto deseo que le pidió a las tres Vírgenes la suya. Pidió que hiciera un jardín de espliego en la tierra, allí donde estuviese cualquier hombre de la familia sentado junto a su amante. Desde Mirambel a Lucena y desde Alcorisa a La Iglesuela, cuentan los masaderos que cada mañana la Virgen de Tremedal y sus hermanas de la Fuente y de Gracia mandan al romero sacar sus flores blancas, al espliego su lavanda, al tomillo su aroma, a la carrasca bellotas, a los pinos piñoneros, a cada mata su fruto, y también ordenan crecer a la avena loca para cubrir con mil colores el cuento que le contó a mi madre, la abuela.

Llegado aquí, callé.

No le dije que mi abuelo pidió, no a la Virgen sino a la tierra quemada, una cosa que nunca dijo: llegar a saber por qué cayeron sin aviso regulares felipistas y no del aliado inglés. Lo supo, pasados los años, e hizo lo que un hombre de palabra tiene que hacer. Tuvo que dejar mujer y matrimonio casi por nacer. Pasar a Lisboa, de allí por Francia a Barcelona. Acompañar a D. Antonio Folch de Cardona a Viena hasta encontrar su hogar al amparo de Roma. Quedar en la paz de Barcelona y más tarde reencontrarla en Valencia. Vivir los últimos años con mi madre y casarla. Verme a mí y recordar lo que era abrazar, besar y reír. Contar cuentos. Hacer música y caminar con paso de niño hacia un ocaso feliz. Dejar de respirar cansado de vivir. Morir dejando tras de sí una memoria, hecha libro, que guardó para mí.

No le hablé de Niccolo Martínez, ni de otros imperiales. Sabía que mi Princesa era nieta e hija de parientes de nuestra Emperatriz. La única Reina que prometió en nombre de su marido servir junto a él los Fueros y Libertades de nuestra Corona de Aragón. Dña. Isabel Cristina de Brünswick, madre de María Teresa de Austria y de la misma tierra que el Sajón de cuya música tanto aprendí más tarde. Ella nunca renegó de su promesa, y menos aún se desdijo de lo firmado y jurado apenas pasados cinco años. Siempre recordó su viaje y la llegada a Barcelona. La suave travesía de Italia a su nueva tierra y el estampado del agua sobre el fondo verde azul de Mallorca. Las palabras del Conde de Oropesa y las aclamaciones hechas en esa lengua que añoraba y que aprendió se llamaba catalán.

—Más despacio Alexis, no quiero que este cuento se pierda. Quiero que el niño que guarda jardines, vea el mío junto a Florencia.

Abandonamos el Camino Real jalonado en varios tramos, como en Nápoles, por restos de calzada romana y, junto a una vieja piedra miliar, nos apartamos para coger una trocha que bajaba lentamente hacia un galacho que allí formaba el río. Dejamos de ver vides para atravesar álamos negros. Un pequeño muelle, una cabaña al lado y la proa de una barca con dos pares de remos. Alexis ayudó a Sonia y a Anna a tomar sus puestos en la bancada de popa y ambas se cubrieron con las sombrillas. Yo tomé el otro par de remos y abrimos el agua del Arno muy lenta y cuidadosamente. Dolía herir el río y romper el reflejo de su perfil en el agua.

Atracamos en un malecón hecho de madera de álamo de donde partía un sendero. Dos inmensas masas de laurel impedían pasar más allá la mirada. Solo unos pasos tras él apareció una casa frente a nosotros.

Era muy rara tanto en su forma como en su estructura. Una gran chimenea, pequeñas ventanas, un dintel con madera apenas desbastada y la pared circular remataban la arquitectura. Cuidada, pintada: era extraña pero no extrañaba. La rodeaba un pequeño espacio de tierra, unos maderos, bancos haciendo empalizada, un corral, un gallinero y tras la cabaña, impidiendo que se viera, un cobertizo. El camino de tierra negra llegaba hasta él y allí terminaba. Un suave manto de hierba rodeaba toda la construcción.

Siempre pensé, y lo sigo haciendo, que no hay jardines más bonitos que aquellos rematados por naranjos y limoneros. No hay artificio humano ni parterre de flores, ni siquiera rosal ni pensamientos, menos aún gladiolos, jazmines o plantío de maestro alguno que iguale la sutileza de la flor de azahar. Creo que no hay en el mundo una flor que exhale un aroma capaz de hacer que cambien la luz del sol, las nubes y el paisaje, que embriague de tal manera que consiga que lo veas todo más bello. Con la única condición de que mires al horizonte. Miré al suelo.

—Bienvenido a nuestra isba, a nuestro jardín que aún no te conoce, Vicente.

Una llamada de Anna, un silbido de Alexis y un *dabai* de Sonia, y salieron de lo que era establo unos corceles que se acercaron a ella, no caracoleando, ni al galope, ni nada de eso, sino de forma distinta, como marcando un paso solo por ellos conocido.

Recordé que mi padre me había hablado de una raza especial, de pequeña alzada y precioso caminar, que había visto en la ciudad de Lima, cuando llevó unas notas del Cardenal Patriarca de las Indias Occidentales, D. Luis de Borja.

Siempre contaba aquello de que, fallecido el Papa Julio de la Rovere, tapiados los aposentos de los Borgia en San Pedro y casi extinta su memoria a fuerza de oro, fuego y acero, en el Vaticano se llegó al acuerdo de dividir en dos el cardenalato. Uno, que lo pusiera el Rey Católico Felipe II y sus descendientes en las Indias Occidentales; y otro en el que el Rey Católico no se metiese, aunque su opinión tronase. Desde entonces, y de vez en cuando, quedan las Indias para los Borgias de Valencia y el resto de la Santa Madre Iglesia para el Sacro Colegio y el Papa de Roma.

No debía ser esto totalmente cierto, porque un día lo comenté en clase de Historia de la Iglesia y por primera —y única vez— me dieron de capones en el Palacio Chigi. ¡Y proporcionados por mi ídolo: Julia Augusta Albani!

Julia guardaba la llave de la Sala de Cónclave en nombre de los Chigi, desde que D. Agostino I y II habían comprado, primero a los Orsini, y logrado el reconocimiento del Emperador del Sacro Romano Imperio, de sus títulos de duques y príncipes. Se decía que desde el comienzo de los tiempos, y aún antes, eran suyas las salinas. El Papa Médicis había dado Siena como garantía de las deudas de los duques de Toscana y, cuando su muda a Roma, solo para su guarda habían comprado al papado la Fortaleza del Santo Ángel. Únicamente por modestia se hacían nombrar, refiriéndose a la fortaleza, en lugar de amos, castellanos de S'Angelo.

No sabía yo del pleito familiar, a través de esa intrincada genealogía del patriciado romano, que Julia mantenía con los herederos de la familia Borja. Ella sabía que al igual que se heredaban los derechos, por vía directa, indirecta o bula, había que mantener la memoria de los asesinados.

¿Cómo podía hacerlo una heredera de todas las familias romanas del Renacimiento? De una forma muy clásica. Con los Archivos Secretos. Al igual que el Marqués de Rialp, en nombre de Don Carlos y en Viena, tenía el control del Bolsillo Secreto tanto para el Presidente del Consejo de España como, a partir de 1736, para el Consejo de Italia. Julia lo tenía y ejercía en el Vaticano, no siendo cardenal, en nombre de su familia.

¿Te he contado, Lorenzo, que hacía más de cincuenta años que el Cardenal Michel Angelo Conti, luego Inocencio XIII, habían organizado y, me atrevería a decir, creado los Archivos Secretos Vaticanos? En su obra había quedado un toque de misterio y otro de perfección, sin duda relacionada con sus nunciaturas en Lisboa y Suiza.

Muy pocas personas tienen acceso a estos Archivos. Solo cuatro tienen derecho al total de él. Nadie a una copia de cualquier legajo que no sea lacrada primero por el Coadjutor de Custodia y destruida en presencia del Prefecto de Fe y Tolerancia.

Yo entré en ellos a recoger mi herencia, con los mágicos sietes, abierto entonces a todas las luces.

¿Te mareas, veneciano? El vodka habla por mi boca y enhebra mis recuerdos con hilos de tela de araña. Habrá días para engarzar historias, hilada a hilada, y serán de seda tanto los mantos de ceremonia como los cordones trenzados sobre almohadas.

Sigo con mi Princesa, libretista que desconoce que ya ha pasado nuestra época.

—Te presento a los trotones Tarakanov. Mis abuelos paternos comenzaron la selección de esta raza. Solo existen estos en el mundo. Nunca galopan, pero, créeme Vicente, no son como tus camellas.

—¿Me disculparéis por mi atrevimiento alguna vez Señora?

—Creí que no era atrevimiento, sino tan solo cuento. ¿O no era así?

—Es verdad, Su Gracia, tan solo era un cuento que oí contar alguna vez.

—Es una pena, porque sonaba muy bien —dijo Sonia mirando a Alexis que acariciaba una yegua—, y más lamentable aún —continuó diciendo—, que alguien, teniendo cerca una camella, pierda el tiempo acariciando a una yegua que ni monta ni galopa.

—¿Sabes Sonia? Como dijo ayer Vicente, solo el final del cuento se cumple.

ADAGIO

Pasó la primavera y llegó el verano, que también pasó en un suspiro, entre viajes a Pisa, paseos por Florencia, cruceros en barco desde el Puerto de Livorno y escapadas a Siena, Venecia y Pisa, la bella inclinada de mármol de Carrara, que aún llora la pérdida de su mar cada mañana.

Comprende que cada vez mis informes iban más teñidos del deseo que fuera verdad que Anna fuera quien decía ser.

Llegué a afirmar que Anna tenía que ser descendiente directa de Anna y Catalina I de Rusia, por su inmenso parecido con Pedro III, al que no conocía ni por cuadro, y sobre todo por la imposibilidad de no serlo. El amor siempre pone como verdad aquello que queremos creer de quien amamos.

Creo que, como todos los toscanos, estaba embelesado con la nueva seguridad que traía a esta tierra el giro dado por el cambio habido en el Ducado.

La muerte de la última Médicis había llevado al Señorío de Florencia a D. Pedro Leopoldo de Austria y a Dña. María Luisa de España, quienes, y como primera providencia, habían declarado la neutralidad eterna de esta tierra en todas las guerras.

El Príncipe Francisco Saverio Orsini Rosenberg, el que fuera Embajador del Emperador en España, había dejado las finanzas del Ducado en perfecto orden y en manos de Pompeo Neri para partir de Embajador a Venecia.

La paz y el progreso se notaban en cada rincón del territorio.

En 1771, y mientras paseábamos en barca por el Arno, cerca de su isla, le dije que debía volver a Nápoles, pues mi familia me reclamaba. Lo musitaba, con voz muy queda, mientras acariciaba su cabello suelto que flotaba en mis rodillas. Ella me contestó:

—No mientas, Vicente. He sido yo quien ha hablado por ti y he rogado que te fueses. Mientras me soñabas ha habido otros que me han querido. No me mantengo de sueños, mi dulce niño, compositor y amigo. El tema que preocupaba a Madrid, Roma, Viena y Nápoles está solucionado. Ya no hay ningún Radziwill. Los Reyes de Francia han logrado para su padre y suegro un ducado. Han dejado el Reino de Polonia en manos de Prusia y Rusia. Mi hermana Catalina ha logrado quedarse con más de la mitad y aún querrá más. Ahora vuelve de nuevo sus ojos hacia las tierras del Mar Negro encerradas tras la Sublime Puerta. La abrirá para entrar y se quedará con ellas. Mi patria necesita nuevos puertos en ese mar. A tu gente esto les favorece y, por si fuera poco, Venecia, la Orden de Malta y Jerusalén están encantadas con la llegada de la flota rusa al Mediterráneo y, por qué no decirlo, yo también lo estoy. Todo está bien. Para esta Princesa queda la seguridad, la ayuda y el oro necesario para vivir en Italia. Me han dado garantías de reconocimiento y respeto de mi dignidad y casa. Podré despedir a la flota de guerra llevando mi bandera y recibiendo el besamanos delante de todos en el muelle de Livorno. Todo está bien. Ya no haces nada aquí.

Nada está bien Anna, nada está bien ni para ti ni para mí, pensé. Callé, saludé y me levanté turbado.

Logré que ella no viera mis lágrimas. Solo pude balbucear unas palabras que no sonaron reales.

—Si ese es vuestro deseo, sea así. Quiero deciros que si alguna vez me necesitáis siempre estaré donde vos digáis.

E incluso, pensé, *si me recuerdas, como yo lo haré, aún más dentro. Junto a ti, en mi corazón.*

No sabía que por no hacerme daño Anna mentía. No iba a quedarse en la Toscana. Enamorada del Príncipe Orloff, el Almirante de la Flota Rusa del Mediterráneo, había aceptado el compromiso de boda. Su sueño y la seguridad de pertenecer a la familia del amante y cómplice de Catalina le hacían creer que la Corte de San Petersburgo se rendiría a su belleza y que una vez allí su prima Catalina le reconocería títulos y familia.

Supe, a mi vuelta a Nápoles, tras el triunfo como Músico de Cámara del Príncipe de Asturias, por los criados que habían huido del saqueo, que los soldados de Orloff se habían hecho del Palacio de Toscana y de la casa del Arno, que ya el primer día de su boda había sido maltratada y presa en la sentina del barco en el que pensaba volver como Princesa a Rusia, bajo el ondear de la bandera de los Romanoff.

Sonia y Grigory, criados de confianza, habían quedado a cargo del mantenimiento de la finca de Florencia. Ivanna había acompañado a Anna a Livorno pero no la habían permitido acompañarla a bordo.

De Alexis no sabían nada, salvo que había arrasado el jardín antes que Anna saliera del puerto. Le habían oído decir que había otros jardines esperándole en Rusia ya que las flores solo crecían cuando el sol, la luna, el calor, la lluvia y el frío les hablaban.

No lo sé, pero sí sé que Anna era todo lo que Alexis para cuidar un jardín necesitaba.

Tengo presente, cada día de mi vida, la mirada de Anna y el tono suave de su voz en nuestra última charla.

—Vicente, hay algo que aún no sabes y que quizás, espero, aprendas. Nunca te impones. Siempre dejas que yo lo haga. —Entonces vi su cara. Su mirada ansiosa leyendo unas cartas que llegaban de Nápoles con franqueo de milicia. Entendí por qué se expresaba en español cuando quería decir algo de amor y su no oírme y sus prisas cuando quería dejar de estar conmigo. No sé muy bien si me lo dijo o si simplemente lo supe cuando lo sentí.

Sí. Tuve que aprender a imponerme, aunque debo darle la razón. Nunca entendí el por qué debía hacerlo, de no ser por deber. Siempre, salvo esa primera vez, y siempre cuando amé, supe que, cuando se ama, no se puede imponer nada.

Se es tan egoístamente feliz dando que es imposible pedir. El problema, cuando existe, y siempre suele ser así, es porque no quieres o no te quieren. Entonces es cuando comienzas, o comienzan, a pedir. ¿Por qué lo recuerdo ahora? Mejor dicho: ¿Por qué nunca dejé de tenerlo presente? ¡Tú qué sabes! Nunca, que yo recuerde, has amado como no haya sido por interés o de encargo. ¡Calla Cornegliano!

Hace tiempo intenté recoger a una suicida, una bella dama que se arrojó desde el nuevo jardín del palacio de invierno, saltando el muro de mármol con una dama de picas en la mano. Fracasé. Otra vez, simplemente, no estaba allí.

¿Pude haberlo evitado? Hubiese sido posible de ser yo jugador y no naipe. Solo una vez pude convertirme de copa en espada y de ésta en Arcano. Sobre esa mesa se jugó un destino y, si no fue el mío, lo sentí como propio.

Los remos dejan de abrir el agua y se levantan. He llegado bajo la fortaleza, miro en esta noche blanca y veo el Almirantazgo y la silueta de la Isla de Kotlin con la ya casi terminada Fortaleza de Kronshlot. He llegado. Los dos *Skoptsis* susurran en mi oído que el padrecito espera de mi laúd sus notas y, de sus voces, viejos recuerdos de la Rusia que existía cuando el hoy Selivanov se llamaba Pedro y era, con este nombre, de las Rusias el tercero.

Si es o no verdad, no importa. Hay que jugar esa baza. Eso me digo y obedezco como he hecho siempre desde que era niño, cuando mi abuelo me dijo casi todo lo que él hacía para quien nos proporcionaba oportunidad, sueños, vida y sustento. La Santa Alianza del Papa-Rey. He de decir que esta parte no me la dijo. Sí, en cambio, Farinelli me habló de sus hermanos y de su perdón. De la necesidad del arte y de la tradición, de su preocupación por crear, por los advenedizos masones y por el devenir del mundo en manos impías y enfrentadas con la Santa Madre Iglesia.

Tuve que volver a Valencia tras tres años más de formación, remendado mi fracaso por las notas de Julia, y mejorada con mucho mi maestría musical con la práctica, el aprendizaje y, por qué no decirlo, con las vivencias de dolor en Florencia.

Por mi padre supe que mi abuelo había sido la persona que le había propuesto al Marqués de Almenara, Cardenal Joaquín Fernández Portocarrero, el apoyo a nuestra casa.

Ambos habían llegado a Nápoles como refugiados políticos, fervientes partidarios del Archiduque Carlos de Austria. Al igual que con el buen dominico Boxadors y Sureda de San Martín, los dos mantenían encuentros en Barcelona.

Mi abuelo debía narrarle historias como persona de confianza, sirviendo de aliviador de su humor melancólico. Cada Grande tenía en su pequeña Corte a alguien que le recordaba lo que pudo haber sido y no fue, o lo que fue sin necesidad.

Metastasio servía así al Emperador de Austria, Farinelli servía al Rey de España y en la sociedad austriaca lo hacían Mariana Martínez y su familia valenciana, aunque ella ya no recordase ni el español paterno, ni la lengua en que la crió su ama.

Recuerdo mi salida del Palacio Chigi y la entrega de mis breves en el recién renovado San Juan de Letrán, sede oficial del Obispo de Roma y menos oficial, aunque por todos conocida oficiosamente, sede de la Secretaria de Estado para Nunciaturas Europeas.

Ahora, llegado el tiempo en el que se me curarían todos los recuerdos con el bálsamo del olvido, rebasan a borbotones los recuerdos lúcidos.

Recuerdo en Viena al Dr. Van Sweiten, al que me llevó mi padre por ser la última esperanza para aliviar mis fuertes dolores de cabeza. El doctor era una personalidad mundial por haber descrito el cuadro de "cefaleas en racimo", además de ser el introductor de la belladona, del licor mercurial y del termómetro clínico, y de tener un hijo que, como yo, padecía fuertes cefaleas y al que, curiosamente, solo mejoraba la música.

Me dijo que todos los insomnes tenemos, no recuerdos, sino presencias. La falta de sueño nos hace vivir siempre en presente y sentir todo como ha sido. Nos es difícil escuchar otras versiones sobre lo que hemos vivido. El resto de los humanos, tras el descanso, desdibujan el hecho y éste ya forma parte de su ser. En nosotros, el hecho está ahí y siempre es momento presente. El resultado para unos es el amor, el odio o el rencor visto como lo recuerdan. Para nosotros no existe el resultado. Solo vivimos de forma continua, en presente, la ausencia, la presencia, o el dolor.

No fue ningún consuelo saber que el dolor de cabeza continuaría siempre. Más tarde puse, como todos los enfermos a quienes alguien promete aquello que ansían oír, «Su curación completa con mi remedio, siempre y cuando haga lo que le diga», mi confianza en un mago que, como todo curandero, resultó ser un fraude.

Pasarían los años y éste hijo sería mi amigo antes, durante y después de mis triunfos en Viena. Me acompañaría al Burgtheater para asesorarme en mi contrato con Rosemberg, oiría mi prometido *Ensayo a cuatro manos* con Mariana pero, ante todo, sería quien me comunicaría en una carta la muerte de Mozart.

Recuerdo también mi presentación ante el Virrey de Valencia y ante Tomás de Azpuru, aragonés, Metropolitano de Valencia y representante de Su Católica Majestad de España en Roma; y la sorna con la que me recibió el Embajador de España, José Nicolás de Azara, al saber quién era.

Tuvo el detalle de preguntar si vivían mi padre, mi madre y mis abuelos y que, de ser así, diese sus plácemes y parabienes, amén de sus recuerdos y su deseo de continuar con las obligaciones de "su casa", hacia nosotros. Al saber que volvía a Valencia ya formado preguntó a Julia:

—Vicente vuelve a casa ya formado, ¿tan solo en música?

—La melodía forma parte de su formación como hombre y créeme primo que, en el total, la nota es igual de excelente.

—No podría ser menos. La excelencia forma parte del alma tanto de los Soler como de los Martín. Llevan de siempre la música en la sangre, recuerdan las melodías y también saben hacer bailar a su aire lo mismo en Aragón que, digamos... ¿en Londres?

—Mi señor D. José: en Londres, según creo, mi abuelo terminó de cerrar un asunto que le incumbía y pudo hacerlo, según contó mi padre, gracias a los duques de Liria, Villahermosa, de los Roda y los Abarca de Bolea, recordando las enseñanzas recibidas en Huesca de un canónigo de nombre Mamés y de apellido el mismo que Su Gracia. La deuda permanece aún en mi memoria.

—Presumo que no solo te han enseñado música —aseveró D. José mientras daba dos pasos atrás, iniciando el saludo que convenía.

A lo que Julia contestó:

—También danza, Señor Embajador, también danza, y sabe hacer de la más bella la más fea y al revés, si menester lo hubiera. El Trastevere y la Piazza de Spagna están llenas de bailarinas que esperan los brazos de Su Señoría. Cuidad con el baile al girar, mi querido primo, recordad que nunca habéis tenido la cabeza muy fija en su sitio lo mismo cuando girabais que... ¿tendido?

—Cierto, mi querida Julia, pero estaréis de acuerdo conmigo en que tras girar tendido, la almohada fija la cabeza haciendo mirar de frente aquello que te monta y si te place, y la edad lo consiente, quizás sea la almohada la que te la acerca y te la fija... Digamos, ¿convenientemente? Me refiero a la cabeza, claro.

—Eso se dice en Roma de vos, de vuestra casa, vuestros bailes y de vuestras almohadas, aunque, mi amado primo, quizás, y solo como pariente, recordaos que según qué dehesas no son buenas tierras para criar reses, ya sean bueyes o toros. Mejor seguid decorando otras paredes y pastando, digamos... ¿En otros prados? Me refiero a vuestra cabeza y aún a vuestra lengua ¿*Certo*? En cuanto a manos y miradas, seguid tendiéndolas hacia Garcilaso de la Vega, lo mismo que vuestra pluma y memoria.

—Mi señora Julia: un Bailio de San Juan solo debe tener, bajo su almohada, las ordenaciones y su compromiso de vida, pero siempre en su cabeza algún recuerdo de Venecia y las obligaciones con su Rey y con su tierra. En ocasiones debe tener presentes acuerdos, convenios y tratos más o menos públicos y todos los secretos y privados —contestó cortés, aunque un tanto amoscado, el Encargado de Negocios del Rey de España.

Julia me tendió su brazo tras una leve inclinación de cabeza al Embajador Español. Tras el abanico me dijo:

—Quédate si quieres, Vicente.

La miré, hice como que no la oía. Besé su mano al llegar al atrio del palacio, con tan solo la luz del fanal del coche iluminando nuestra sombra, y la ayudé a entrar.

—Julia, no me pude quedar. Si lo hubiera hecho, ¿cómo podría haber llevado tu mano y besarla luego?

Tocó con su abanico el techo y dijo al cochero:

—Quiero volver a casa atravesando el Tíber por el Puente del Santo Ángel. ¿Quieres volver conmigo a Chigi, José?

—Quiero, pero solo a ti. No a otras cadenas que no sean las que cubren tus cabellos, aunque sean de oro.

—Sea así. ¡Al Palacio Chigi! —ordenó al palafrenero.

Al bajar no aceptó mi mano y le recordó al criado que tres horas más tarde mi equipaje debía estar presto para salir hacia Ancona, donde una nao pontificia me arribaría al Grao.

—Esperamos mucho de vos, señor músico —me dijo como despedida—. Si es que salís para Ancona, nada se os reprochara si os quedáis y vuestro equipaje irá donde vos creáis que debe ir.

Ahí, ese momento, que yo recuerde, fue el único en mi vida que pude, como tú, elegir mi libertad prescindiendo de una religión y de una herencia de siglos para crearme una vida propia, pero ¿qué joven que sabe que tiene en su futuro el éxito de la Corte, por más que le digan, no tiene el convencimiento de que el triunfo será solo suyo? A fuerza de ser honesto me salió el sentido común de mis abuelos maternos y el pragmatismo aragonés y, por si era como mi padre decía, cambié el camino de mi propia vida por la seguridad del éxito anunciado.

Seguro que no valoré su precio pero ¿qué sabía yo entonces de ello? Si hubiese sabido lo que tenía que esperar para volver a verla y, sobre todo, si hubiera sabido que no volvería a hacerlo, quizás, solo quizás, habría obrado de otra manera.

Claro que entonces no habría aprendido a disimular como debiera, ni habría tenido recursos para hacer que les doliera tanto como sufrió ella.

Lo que sí sé es que a pesar de que mi vida ha sido la que es, en ella sí han surgido siete soles. ¿Quién ha tenido oportunidad de ver siete amaneceres?

Componer *ballet*, óperas y aún canciones nota a nota. Esa ha sido mi vida oficial, viviendo en cada momento la otra. Aprendiendo constantemente que cada éxito de la una llevaba aparejado un cambio decidido por los que medían mis días. Eso, créeme, no, no lo sabía. Pienso que Julia, más que saberlo, lo intuyó. Y no lo sé por ella, sino por lo que me legó. ¿Ríes? Te adelanto que no fue sino otra obligación. No quise, por no darlas, tener ni tan siquiera su información.

Junto a estas dos vidas, otra más oculta y secreta, protegida por las anteriores, que utilizaba para escalar poco a poco los grados de público y privado reconocimiento con la meta de llegar como vencedor a mi destino final y así, desde la proximidad y la impunidad que da el PODER, dar satisfacción al motor de mi vida: la venganza de los causantes de la muerte de mi amada.

Poner mi trabajo como músico al servicio del deleite de los ricos y poderosos. Entrar a su servicio y en su casa ser el maestro de sus mujeres e hijos. Estar en todo, sin que nadie te vea; y, si lo hicieran, que no importase que estuvieras. Lograr que digan de ti:

—Es el músico. El maestro de mis hijos. El *Kapellmaister* de mi casa.

Poder saludar con una inclinación al que ha advertido tu presencia y ver en sus ojos el reproche que él mismo se dirige por haberse equivocado y ver como testigo de la conversación a alguien que no se entera de nada.

Esa fue mi meta en Madrid y lograda ésta, pasar a Nápoles, que era la llave que me abriría, por méritos, lealtad y familia, Viena; y de allí ya... ¡Catalina y Rusia!

Ni por un momento imaginé que serían mis otras dos vidas, el deber y el triunfo, los que atrasarían mi venganza.

El deber terminaría pocos años más tarde por razones que nadie podía ni pensar siquiera. El juego del equilibrio del poder se desplazaría hacia los Reyes y más tarde a otras formas de poder surgidas de la Revolución Francesa.

La necesidad que de nosotros y de nuestros servicios tenía la Iglesia quedó reducida a nada. La última, Julia lo expresó de forma muy clara al irse bailando por las Tullerías del brazo de Teresa y de Josefina.

Fueron mi triunfo profesional, mis obligaciones artísticas, mis compromisos y el servicio a nuevos intereses surgidos de otras formas de entender el arte y las relaciones entre empresarios artistas, cantantes y compositores, las que me impidieron centrarme en el *ballet* musicado para el renacer de Anna.

Muerta Catalina, me quedó tiempo pero me faltaban ganas. Ahora ya llevo tiempo puliendo lo que quiero que sea mi obra maestra. Solo quiero que tenga una representación, pero que sea un triunfo absoluto para la única que ahora ya, definitivamente, me importa; ella, la Princesa del Arno y de Florencia, la dueña de mi amor, ella: mi Anna.

Hace días, cuando llegaban memoriales, periódicos y correos en los que se comentaban las noticias de Francia, de su Revolución, de Robespierre, la muerte de Marat, los cambios de Sieyès y Tayllerand y de algunas cosas que nada tenían que ver, y que vaticinaban los hechos que ocurrirían más tarde, simplemente sonreíamos. ¿Verdad Gregory, verdad Sonia? Al cambiar unos kopecks por la historia semanal de la *Pimpinela Escarlata* teníamos la certeza de que solo nosotros y unos pocos iniciados más sabíamos lo que contenía de verdad.

¡Ah, Teresa, Anna, Josefina! De no haber tenido mi corazón ocupado por una ausencia y una deuda que saldar, antes de fijar mi vigilia por vida en un blanco infinito, ayudaros habría sido justificación suficiente para que me aceptase el cielo.

Las manos llenas de vuestra bondad. La misericordia derramada con la alegría del que nada pide sino solo da. Tres vidas plenas de entrega y esperanza, pero, y sobre todo, de amor. Ese amor que dabais cada día sin saber nada, sin guardar nada para el siguiente. Sin ninguna duda fuisteis la gloria de quienes os conocieron. Tres presencias, tres amigas para mí y entre vosotras.

Sin duda los buenos momentos que he tenido desde el año noventa y dos hasta esta fecha os lo debo a vosotras y a vuestra memoria. Os recuerdo al salir de la Prisión de la Convención. Teresa y Josefina erguidas como diosas y en vosotras veía a Anna agitando dos blancos pañuelos con la flor bordada que yo lucía en mi chaleco, Sonia en su sombrero y Grigory en la casaca.

Mis primeras palabras en perfecto francés y tú, Teresa, exponiéndome en un francés no menos perfecto:

—*¡Sacrebleu, un milord* español!

Te extrañará, Teresa, pero no sabía entonces, no habían considerado decirme, que la "Santa de la Gironde", "Nuestra Señora de Thermidor", la hermosa Madame Tallien, se apellidase Cabarrús. Sabía que Josefina era viuda del General Beauharnais y que mi agente inglesa era una napolitana más que de veras. No esperaba que un joven corso se enamorara de la segunda, ni mucho menos que Lady Hamilton hiciera de Horacio Nelson su amante. ¿O fue él quien se hizo de ella? Y menos aún que tú, la primera, fueras a terminar convertida, más que en Princesa, casi en Reina.

Ahora, desde mi retiro casi aceptado, en este momento en el que el Zar Alejandro y sus funcionarios tardan en recordar a este consejero en sus pagos, pienso si mereció la pena la elección que hice bajo el sol de justicia de la plaza de la Catedral de Valencia. Era día de reunión del Tribunal de las Aguas y, como en sus juicios, solo cabía la palabra y la verdad que la acompañaba. Tenía que haber esperado mi turno, dejar hablar a los jueces, estar atento al *parle vosté* y, sobre todo, aceptar la sentencia. En este tribunal, como en el que juzga la vida, no cabe apelación alguna.

Si me equivoqué o no, ya estaba hecho. No sé si me equivoqué al poner mi música aprendida en Italia, en los escenarios de La Granja y de Madrid, o si el error estuvo en volver a Nápoles y no quedarme ahí para siempre.

Acaso fue que no tenía bastante con ver la bahía desde mi ventana. Ansiaba nadar en ella.

O quizás fue tener siempre en mi cabeza el clavicordio de mi madre, el violín del abuelo y las canciones y bailes de mi padre.

Hoy, si alguna vez concilio el sueño, veo el jardín de la Catedral de Valencia, las macetas con espliego y romero de nuestra casa y las telas blancas que cuelgan de las ventanas, que se me hacen son las del *carrer* de Misericordia.

Con el frío de la noche recojo en mi mente las sonrisas de las más bellas damas de Europa, sus susurros, sus billetes y mis encuentros...

Y sé que, si erré, he sido tan premiado como castigado por ello. Decididamente no. No me interesa tu propuesta.

Quédate con tu nuevo continente, con tu vieja música. Vuelve a buscar el éxito que hace tiempo sé que no te acompaña. Mi respuesta llegará con cada trozo del papel en los que en estos momentos queda convertida tu carta.

Con un soplo de mi aliento barro la palma de la mano y caen, como tu recuerdo, en el agua y... Desaparecen, desaparecen, desaparecen.

GIGA

Para mi desgracia has logrado despertar fantasmas que estaban dormidos. Sabía y notaba su presencia, pero ya había logrado que fuesen para mí seres domésticos. Hoy se han rebelado y luchan por atraerme a su lado, quedando cada uno conmigo como si fuera de su exclusiva propiedad. ¡Egoístas! Los espectros no tienen sentido de la mesura, ni de compartir recuerdos ni espacios. Una vez convocados intentan llenarte y hacerlo con su odio, su amor o su recuerdo. No queda más remedio que exorcizarlos. A los dos, en su tiempo, nos dieron las órdenes, recursos y latines necesarios para hacerlo.

Voy a hacerlo con los míos, con los propios y los heredados. Con los compartidos, con los ya muertos que descansan o, al menos, no aparecen bajo ninguna forma astral, quizás por la fe, quizás por la penitencia o puede, lo más probable, porque tenían la plena seguridad en que lo que hacían era para bien. Vas a decirme que no tenían conciencia y sí la seguridad de que el fin justificaba los medios. Seguro. No en vano eran príncipes y se sabían dueños.

No me pasa a mí lo mismo. Nunca he sido príncipe, de no ser en sueños. Solo una vez pedí que compartiese ella conmigo nuestro común pecado y riendo me dijo que penara yo solo. Que sí, que yo iría, cuando menos, al Purgatorio, pero que ella estaba absuelta de antemano porque era Duquesa y Soberana por la Gracia de Dios. ¡Y eso me lo dijo antes de llegar a ser Reina!

Seguro que tú ni te has planteado el tema. Ya lo resolviste hace muchos años, dejando atrás tu pasado, tu credo y tu conciencia. No es crítica. Es la simple envidia la que habla por mi boca.

Me gustaría poder hacer lo mismo que haces tú. No puedo. Supongo que será cuestión de fidelidades, de miedos o de pura y simple necesidad de sentirme miembro de algo que perdure. Sentirme parte de algo que sea más que yo. Creer que, cuando yo mismo sea uno más de los espíritus que buscan el descanso, éste me será concedido por haber sido miembro de ese algo. Espero que mis hechos sean perdonados por quien, creo, puede hacerlo. De esa forma, el día en el que todo mi cansancio de ahora me vista, y esta blanca y casi eterna noche que me cubre desaparezca, mi cuerpo hallará el descanso en la humilde casa de la calle de los betuneros.

Hoy ya he terminado de hacer música para un preso. Llega el momento de buscar la paz en el alcohol. Mis barqueros, sus viejos criados, hoy en el Neva, ayer en el Arno, abrirán mi cama, guardarán mis Salmos y cantarán quedo una *berceuse* para que llegue el momento que espero y con él, por fin, la paz que aspiro.

¡Qué mentira! Hablo de paz y perdón y ni siquiera me arrepiento, ni he confesado mi último delito. Me ha llevado tanto tiempo ese *ballet* que, como artista, creo que aún hubiera sido mayor pecado y de más difícil absolución el no cometerlo.

Antes debo pasar, lleno de mi música, por el primer fantasma que conjuro y no hay otra forma para hacerlo que esperar al sol.

Te dejo. No contestaré tu carta, que casi olvidé mientras la rompía. No hubiese servido de nada. No eres aún exorcizable ni siquiera con el sol, tampoco con la música, y menos todavía negando mis recuerdos. Para ello tendría que negar mi vida y, si lo hiciese, ¿a quién le interesaría? ¿Quieres saberlo? Pasa entonces, viejo amigo. Ocupa tu lugar en mi barca, acompáñame a casa y, a partir del día de hoy, cinco de enero de 1805 en plena Pascua Ortodoxa Rusa y nuestro día de los Santos Reyes Magos, recuérdame, cuando llegue su momento, aquello que hicimos juntos.

Hemos llegado. No a casa. No vivo en el agua. Hemos llegado al punto donde voy a hablar con el único sol que vive en mí y me alienta. Y lo voy a hacer en presencia y con la ayuda de dos blancas palomas servidoras del que dice y tengo que creer es su hermano. De aquel que dicen muerto, para que Catalina fuese Emperatriz, por ese otro que logró terminar, llevando hasta nuestro Arno su pasión por la ambición sin cuento: Orloff. El bello Orloff, el odiado, amado y miserable Orloff y su cómplice napolitano, Ribas. *Apolo y Hades*. ¡Buen título para una ópera! Precioso tema para lucirte con un libreto, si supiera su final, y lo que aún tiene que llegar a uno de ellos. El otro ya tiene su final escrito.

Con el primero no cabe mayor venganza. Todo terminará con él. Tuvo mujer y quiso amantes. Buscó Orloffs y tuvo bastardos. Se irá de este mundo sin nada. Sin funerales de Corte, solo él celebrará su muerte. Vanidoso hasta el fin. Mi pena es que no podré siquiera ver sus propias vanidades. El peor final para un Príncipe. Nadie legítimo a quien dejar su nombre. Como siempre, ganará Catalina.

¿Recuerdas las veces que buscaba una música y no salía una nota de mi caletre? Otras, solo necesitaban una risa, un cuento, y ya teníamos el éxito de siempre.

Me devanaba en vano, haciendo planes tortuosos. Me dejaba vencer por el miedo, por la grandeza y el poder del personaje, y para vengarla solo bastó una frase. ¡Y ni siquiera era mía sino heredada! Espera que le cuente hoy a ella cómo ha sido mi día, como hago siempre, desde que desapareció de mi vida.

¿Oyes? No temas. Estás conmigo. Sí. La voz viene de donde señalas pero para mí es recuerdo de un silencio, de un suave toque de abanico y de una noche donde el sol, nuestro sol, no era como ahora de blanca leche, sino de dorado día tras calientes amaneceres. ¿Verdad que tengo razón? Alexis, Grigory, recordad cómo la primera noche tanto tú, Alexis, como yo, dejamos sobre el agua muy despacio un libro y dos rosas secas.

Contadle cómo nuestros presentes se hundieron nada más rozar la superficie del río. Habladle cómo venimos todas las noches al palacio de agua de nuestra Anna y cómo notamos que nos espera. Decidle cómo sabemos que guarda nuestras rosas, que aún no encontré la paz de su morada.

No ha mandado al río que nos devuelva sus flores y sabemos que espera, para darlas de nuevo, a que estén juntas hechas un ramo. Pensaba que las traería ella misma al final de mi *ballet*, cuando dejasen de girar todas mis Tatiannas rodeando al D. Juan que fue su ruina.

Soñaba que sentiría primero su silencio, luego su abanico, y por fin sus aplausos. Luego serían los vuestros, igual que mi primera noche en nuestra casa italiana. Tendría que haber sido así, ¿verdad Alexis? No lo fue. Me dejó de nuevo. Le permitió que cogiera su mano, le sonrió y con su sonrisa le llegó el perdón. En ese momento entendí que ella quería que terminase el *ballet* con unas notas de un nuevo amanecer. Supe por qué nunca la había merecido. Ella perdonaba siempre. Yo no. Sé que he aprendido y por eso llevaremos dos violetas en nuestra barca y oleremos su aroma. Esperaré, una vez más, que las devuelva.

Ya está. Las rosas la esperan cerca del malecón rosa, en su casa de agua del Neva.

Pongamos proa a la calle de los betuneros y finalicemos por hoy nuestro viaje, pero no encontraremos ni reposo, ni sueño. Te hablaré de la belleza que fue nuestra ruina. Te contaré cómo he estado años logrando que sufra cada día. Haciendo que lamente su vejez, su poder y su riqueza. Que no sepa por qué se dan por calladas sus preguntas. Sabrás por qué está muerto en vida y por qué impido que muera.

Juan Antonio Abascal Ruiz

Tantos años empleados recordándola, creyendo hacerlo y sabiendo que había olvidado todo aquello que hizo que me eligiera. Tuvo que ser ella, antes de volver a bajar por las escaleras del malecón del Neva, la que al volverse, tras su abanico, me dirigiera una mirada. Tuvo que ser yo, quien al mirar el rostro de Ribas, viera en su cara muerta el perdón.

Entonces entendí el por qué. Simple, sencilla, perfecta, como la voz de Farinelli, como la música de Mozart, como el baile de mi padre, como la palabra del abuelo, como María, como Julia, como la verdad, como yo no seré nunca.

Me había confundido. Equivoqué el querer con el amar y nunca me atreví a conjugar esa realidad. Hoy hace tiempo que lo sé. Sé que tengo que esperar. ¿Entiendes por qué no puedo acompañarte ahora a esa Acadia? Espero aquí que llegue la mía.

FANTASÍA
PRIMO CONCERTO
(IN SOL MAGGIORE CHIAVE)

"Evocazione"

Hay que comenzar las cosas y hacerlo por el principio. Eso, al menos, recuerdo que prometí ayer. Sonia ha bajado al mercado y ha comprado algo de harina, remolacha y arenque ahumado. También ha regateado con el letón del puesto de carne y ha traído un *salami* de reno y algo de queso finés.

El samovar hierve desde las seis de la mañana y me ha despertado con un té bien cargado, unos *blinis* y pan de maíz recién hecho. Como siempre, ha llorado a todo el que ha cometido el error de escucharla, lamentando el estado en el que se encuentra Su Excelencia el Sr. Consejero de Estado.

La misma afilada lengua que en Florencia nos hacía reír a todos sirve para lograr que los tenderos le vendan más barato. Mientras hace sonar los kopecks en la bolsa, habla de la plata y el oro ruso, español y veneciano que Su Excelencia, es decir yo, ha ganado y gastado con su maravilloso talento musical. La gente ya no la cree y eso nos sigue interesando. Alexis, Grigory y Nicolai mantienen sus puestos de cambistas y, hay que reconocerlo, estos años con Catalina, Pablo y ahora Alejandro, han sido fantásticos para la usura y el comercio.

Es imposible buscar una paridad entre los cientos de monedas que circulan en Europa, al igual que lo es traducir las mil formas de medir la distancia entre dos sitios y la superficie de la tierra de cultivo, los bosques, las medidas de grano, aceite y vino. Todo ello favorece, sin duda alguna, nuestra primera y discreta fuente de ingresos.

La nobleza antes morirá que confesar que no sabe nada de cambio de moneda, lo que permite ganar, no ya el porcentaje legal, sino incrementarlo haciendo un buen raspado, antes del peso del oro de las Indias y de la plata del Cuzco.

¡Incluso piden consejo sobre porcelana de Algora, Sajonia y de la China a nuestra Ivanna, hoy hecha una gran dama y hablando el francés como cualquier persona de alcurnia o noble emigrada!

Esperemos que no venga ningún nuevo Cristo y nos saque a golpes del patio de los mercaderes. En caso de que llegue, oremos por que sea el que mis amigos esperan.

Es fantástico lo que hace el tener que salir de la tierra de uno por la fuerza. Es, quizás, lo que marca la fuerza moral de las personas.

Ivanna ha dado la fuerza de su naturaleza y el encanto y simpatía de su persona a un noble francés, exiliado con motivo de la Revolución de 1789, pero cuyos padres, y antes de ellos los abuelos, previendo lo que se les avecinaba con la política expansionista y guerrera de Luis XIV primero, y con la debilidad política de Luis XVI luego, ya enviaron su dinero a través de conocidos muy poco sospechosos de ideas realistas a Inglaterra años antes.

Por desgracia para ellos, no tuvieron la misma prontitud en poner distancia entre ellos y la Francia revolucionaria. Querían seguir liquidando sus bienes inmuebles al mejor precio y fueron sus cabezas las que *madame guillotine* cortó en el cadalso encargándose de separarlas de sus cuerpos.

Ivanna está hecha una duquesa de verdad y, dando el acceso a sus salones, dirige las recomendaciones para valorar los bienes de los inmigrantes hacia nuestros cambistas.

Una de sus múltiples obligaciones es viajar cada dos meses a Londres para cobrar los alquileres de sus casas, las rentas de sus caudales y los beneficios tanto en bolsa, azúcar y de las tiendas exclusivas en las que de forma discreta vende con una alta comisión las joyas de familia de la exiliada nobleza francesa.

La necesidad de tratar con los notarios londinenses e inscribir en los registros y comprobar las tasaciones actuales me han permitido, por ayudar a Ivanna y a su marido, tener la oportunidad de mirar los papeles del Conde de Clery y leer tanto sus endosos económicos, como sus avalistas y agentes bancarios en Londres, Ámsterdam y Madrid.

He encontrado entre ellos avisos confidenciales del abuelo político de nuestra Ivanna al propio Luis XV, avisándole de la nefanda actuación de Law y del previsible fracaso y quiebra de la Compañía de Indias y de la Banque Royal Francesa.

Aparecen nombres conocidos y el propio Rey da seguridad de que la familia real inglesa frenará la especulación que sobre valores franceses está realizando el banquero inglés Cantillon.

Todos estos apuntes me hacen recordar quién soy, de dónde vengo y a quién he servido, y todavía atiendo cada vez que me lo solicita.

El intercambio comercial es cada vez más fructífero. Los exiliados esperan poder volver a su patria, los jesuitas rezan y trabajan para la reinstauración de su Orden. Al ser español, me encomiendan las familias de los jesuitas exiliados que me ocupe de buscarles trabajo en Rusia.

La política comenzada por Catalina, y seguida por los dos monarcas que le han sucedido, han hecho que muchas de las mejores cabezas de la Corona de España, tanto militares como arquitectos e intelectuales, recalen en esta tierra de promisión en la que se ha convertido el Imperio de los Zares. Los miembros de la Compañía de Jesús han encontrado asilo aquí y en Prusia y, a pesar del indiscutible e indiscutido poder de la Iglesia Ortodoxa, los nobles confían la educación de su hijos, impidiendo la religiosa, en los nuevos colegio ignacianos en manos de abates, en su mayor parte españoles.

"Rapsodia"

Necesito salir de San Petersburgo. En verdad lo necesito. Se amontonan los recuerdos y noto que surge dentro de mí un fuego que me torna de hielo. Es un fuego que se enciende por un recuerdo, preciosa palabra para tan malos encuentros.

Esta pasada noche me he visto hablando en un espejo. He cerrado los ojos por un momento y ya no estabas. Te he recordado. El viaje a Moscú, tan deseado, no ha tenido un efecto benéfico sobre mi espíritu sino todo lo contrario.

La Emperatriz ha estado feliz con la representación en el Kremlin de mi primera ópera en ruso de la que ella ha sido libretista. ¿O he sido yo su músico? Sé que para todos los presentes solo soy el último capricho italiano de la Reina de todas las Rusias.

Sería igual de aplaudido aunque mugiese como una vaca, siempre y cuando del "mu" se dijera que lo había escrito Catalina.

Independiente del autor, la ópera ha sido un éxito total. Se me ha permitido quedarme al besamanos imperial y ahí he notado el primer y sordo incendio. He asistido a la escena de respeto del Príncipe Orloff y a la presentación del bastardo de Catalina, traído de la mano por el, según malas lenguas, polaco Pablo.

El futuro Zar, salvo otras muy posibles circunstancias, ha presentado a su hermanastro como "un bello talento". Catalina ha recogido el guante lanzado por Pablo, respondiendo:

—Querido hijo: sin duda alguna que mi hijo, tu hermano, es tan bello como tú lo eres. No en vano es fruto del amor de tu madre con su padre, al igual que tú lo fuiste de la obligación, que para una Reina es igual de bella, de una Princesa con el Zar de todas las Rusias. Queda tranquilo, hijo mío, tú eres el primero en mi afecto. A pesar de que por él tenga el diamante más bello del mundo, por ti tengo todas las Rusias; y, estarás de acuerdo, que cualquier lugar de nuestra patria es más bello que la más bella joya del Tesoro Imperial.

Alexei Grigorievich Bobrinsky no puede negar, visto con su tío y padrino, que es un Orloff. Catalina ha estado distante con su más fiero instrumento para el logro del poder que ahora disfruta, y más lejana aún con su bastardo, al que ha tardado diecinueve años en reconocer como tal.

Es cierto que era público y notorio el parentesco. Igual que la Zarina no tuvo ningún inconveniente en echar a los Orloff de la Corte, tampoco tuvo el más mínimo empacho en encargar a Ribas la enseñanza militar del que sería capitán general durante el corto reinado de Pablo.

He tenido que soportar ver cómo en el cálido salón entraba el hielo en forma de conversación con el Príncipe Chesmensky. No he podido, y creo que tampoco deseado en el fondo de mi alma, evitar nuestro encuentro.

Orloff se ha dirigido a mí en un casi correcto italiano:

—¿Es cierto Sr. Martín que antes de vuestro éxito en esta Corte habéis paladeado el triunfo en nuestra bella Italia?

—Cierto Alteza, aunque jamás con la firmeza del logrado hoy, sin duda gracias a la nobleza que alberga el alma rusa.

—Catalina no es en vano llamada La Grande. Solo su belleza se puede equiparar con su inteligencia. ¿No os parece?

—No me atrevería yo a comparar ambos dones en quien los tiene concedidos por la acción del Omnipotente.

—Sin duda, sin duda. Solo quería remarcar lo que vos, con mejores palabras, acabáis de decir. Entended a quien, como yo, más que palatino, es hombre de acción.

—Excelencia, vuestra humildad os honra pero ¿quién, habiendo trabajado en Italia, no conoce los méritos del Príncipe de Chesme? El mundo os debe mucho por vuestras victorias navales sobre los turcos en la pasada década. De no haber sido por vos, no celebraríamos ni las victorias en Crimea, ni el nacimiento de Odessa, ni la felicidad de nuestra amada Reina al ser llamada La Grande a causa de acciones en las que vos habéis sido, más que testigo, responsable.

—¿Cómo sabéis tanto de mí, señor?

—Como os he dicho, aunque español, he trabajado la mayor parte de mi vida en Italia: en Nápoles, para ser más preciso. En la época en que vuestra flota recaló en Livorno ampliaba mis estudios en la Toscana. Los caballeros de la Orden de Malta hacían elogios tanto de vuestras proezas militares como de la nobleza de vuestra alma y humildad de intenciones. En Nápoles teníais en la milicia la admiración y respeto que merecía la confianza puesta en ellos. Es más, hacían el parangón entre la grandeza de vuestra casta con la de Escipión. Ambos recababais honores no para los adalides, como hubiese sido humano, sino para vuestros guerreros, de los que os convertíais en mecenas y mentores. Sin vuestra generosidad al compartir el triunfo no les habría recaído los laureles del vencedor. La fama y la fortuna se alían no solo con vos sino con quien os sigue. ¿Cómo si no se explicaría el éxito de quien, se decía en esos mismos ambientes, su único valor fue conoceros y ponerse a vuestra disposición?

—¿Os referís a Ribas?

—¿A quién otro, sino? A propósito de él —continué—, creedme que me habría extrañado, de no saber vuestra protección, el brillo que tiene en la Corte Imperial este español. Se le considera un gran estratega y, sin duda, el vencedor de la Guerra Ruso-Turca y el mantenedor de Crimea más allá del esfuerzo del General Suvorov y de los regimientos de la Guardia a los que, según creo, vos mismo instruisteis antes de solicitar vuestro relevo en la Corte para poder atender vuestras obligaciones familiares tan lejos de ella. Nadie, de no ser un hombre de acción antes que cortesano, como muy bien habéis dicho de vos mismo, lo habría hecho y más sabiendo el dolor que causabais a nuestra Emperatriz con vuestra ausencia y el vacío que dejabais tras vos en tanta bella dama.

¡Ah, Julia, cuánto me alegré de tus enseñanzas en este momento al ver como el fiero oso ruso se tornaba manso cordero al oír mi melifluo canto! No cabe duda que, de haber sido yo serpiente y él ratón, hubiese sido, como sería, el plato de mi cena cuando quisiera.

—¿En verdad sabéis lo que estáis diciendo? ¿En qué basáis vuestras palabras?

—*Sire*: sabéis mejor que yo que lo que digo es cierto. Si en lugar de guerrero fueseis músico habríais notado la melodía que oyó todo el salón cuando presentasteis vuestros respetos a la Emperatriz. La Zarina no luce el diamante Orloff, regalo de vuestro hermano, sin razón. ¡No me diréis que no lo sentisteis, que no apreciasteis la cortesía de la Señora! —exclamé, como sorprendido ante lo que insinué era tamaña miopía.

—Naturalmente que lo noté. ¿Cómo podría ser de otra forma? Lo que ocurre es que no me pareció oportuno abusar de la amabilidad de Catalina y retener su tiempo más allá de lo previsto en el protocolo. Tiempo habrá para ello. Me gustaría, si os parece, conoceros mejor y aprovechar vuestra estancia en Moscú para que paséis unos días como invitado en mi casa y así disfrutar de vuestra música y conversación. Hablaremos de Italia, de la música y de vos. Creo que este patán provinciano os puede ayudar en vuestra nueva patria. Es más: creo que os merecéis más mi apoyo que vuestro coterráneo Ribas.

—¿No me querrá decir Vuestra Grandeza que D. José no ha correspondido como un hombre de honor a vuestro apoyo y ayuda del que ha disfrutado, según creo, en toda ocasión? A pesar de su situación de hoy, todo el mundo sabe quién, en primer lugar, le ayudó. Toda la Corte sabe que la Corte, fuera de San Petersburgo, sois solo vos.

¡Dios, y qué razón tenían mis profesores de Fe y Tolerancia! En aquel momento vi pasar por los ojos de Orloff el sentimiento del que se sabe reconocido como dueño y señor de todo. Su mirada hacia mí fue una mezcla entre reconocimiento y ave de presa. Sin duda, pensó, que tenía o podía comprar un nuevo servidor y que le saldría barato ya que su presencia y poder otorgado deslumbraban a este que escribe.

Tras su invitación estaba seguro de que el Príncipe de Chesme esperaba, y pagaría lo que fuese para que este músico, nuevo capricho de la Zarina, pusiera la nota de Sol en su ansiado retorno a la Corte.

Acepté, con los remilgos necesarios y prescritos en cualquier forma al uso, su invitación y quedamos en que, y solo para un selecto grupo de moscovitas, aprovechando la revista y reunión de los brazos del Imperio, daría un concierto en tres días en los dominios de Orloff en las proximidades de Moscú.

Creí haber exagerado al decir a Alexis Orloff lo de la otra Corte fuera de la de San Petersburgo. No lo había hecho ni un ápice. Es la única descripción posible.

Apenas a treinta *vetsas* del Kremlin comienzan los dominios de los Orloff. Parte son dádivas de Catalina y parte herencia del que fuese Gobernador del gran Novogdod.

Los cuatro hermanos han hecho de esta tierra no solo su feudo sino su centro de intriga, poder y, por qué no reconocerlo, de gracia y cultura. Más de cuarenta mil almas forman parte de sus posesiones.

La morada de Alexis Orloff es un pequeño, si pequeño se puede considerar, palacio de tan solo ciento diez habitaciones, que recuerda vagamente a Tarkoie-Tselo. Junto a él se alza, de nueva planta, una residencia hecha según la moda imperante adornada con un jardín francés.

La habitación que me han asignado es más propia de un príncipe que de un simple músico.

El servicio no llama a la puerta. Duerme ante ella y está pendiente del más mínimo sonido de mi campana. Muebles, lujo, tabaquera de plata con mis cigarros extremeños y palmeros favoritos. Madeira y Malvasía. Un enorme lecho con dosel, por el tamaño baldaquín, y un precioso piano en la estancia.

No he podido resistir la tentación de acariciar el marfil de sus teclas. Mi cabeza ha trasladado a los dedos las mismas melodías que sonaron hace años en otra pequeña Corte, en otro pequeño palacio.

Las he tocado varias veces y me he dicho, ¿por qué no aquí?

Ha llegado la noche y con ella la recepción. Más de cien carruajes han parado en la puerta de entrada entre dos filas de criados que cubren la distancia de nueve *vetsas* entre la entrada del dominio y el palacio, convirtiendo con sus antorchas de resina perfumada la noche en día. El aire se llena de las melodías ejecutadas por diez orquestas que cubren la misma distancia con el mismo programa, cronometrados sus sones como fuego de batería.

En el salón, Orloff recibe a sus invitados. Impresionante en su ropa de Príncipe. Dotado de un don especial del que se sabe superior al resto de sus pares. Occidental, pero con ese toque exótico de "lo ruso". Bello. Ese sería el término justo.

Intento entender lo sucedido hace años bajo el sol de la Toscana y la belleza de Livorno.

No me extraña ni el amor, ni la huida, ni la entrega. No me extraña la pasión, el dolor, la desesperanza y el no entender no ser amada siendo tan bella como ella era. Solo existe una explicación sincera. El poder, la gracia, la obligación de ser querido, sin tener que querer. La falta de la necesidad de sentirse igual. La vacuidad de su ser en el amar. Todo eso y más es Orloff.

Enamorado de Anna logro entender su pasión, no entiendo el rechazo que de su pasión hizo mi anfitrión de esta noche. No concibo, en cambio, como éste no fue capaz de compadecerse de una mujer enamorada. Sé que las relaciones humanas no son evaluables ni definibles por la lógica pero sí sé que hay reglas que pueden definir el interés que tienen los humanos en relacionarse.

La definición surgió como un relámpago luego del concierto, con los fuegos de artificio llenando de colores la noche moscovita. Orloff es la hermosa amoralidad del ser que hacemos superior por nuestra conveniencia. Es el fuego destructor. Es el mal.

Toqué y lo hice como nunca supuse que lo haría. Pensaba en ti. Todas y cada una de las notas eran tuyas, surgían de mis manos pensando en ti, como la noche en que me presentaste como tu nuevo *Kapellmaister*.

Logré captar el mismo silencio por su parte, igual que conseguí el tuyo. ¿Me habría equivocado y Orloff tendría alma? No. Era simple ausencia. No escuchaba. Agazapado en el bosque de los sentimientos ajenos no oía otra cosa que no fuera el descuido de sus presas. No busca participar sino ver, saber y no olvidar. Un tigre apostado junto al abrevadero.

Tras cerrar la tapa del piano, terminado el concierto, me ha llamado para que acudiese junto a sus corifeos. Todo el que era alguien en el distrito de Moscú estaba esperando las migajas de unas palabras o un saludo.

Orloff ve que las cosas van a cambiar tras la Revolución Francesa, pero tiene igual de claro que "los nuevos aires" no deben traspasar los límites de los palacios rusos.

Está bien leer a Voltaire y también mantener contacto con enciclopedistas, artistas, pensadores y gente de esa laya, pero una cosa es mantenerlos y otra, muy diferente, aceptarlo por bueno.

Rusia tiene un alma de la que todas las otras naciones carecen. Le he oído íntegro todo el discurso. Me ha dado frío. Pasaba por la vida y la muerte con un inmenso sin sentido. He temblado y me ha venido muy bien el que los criados hubieran abierto los ventanales para ver desde las balconadas los fuegos artificiales. Antes de que pudiera decir nada he pedido mi capa y he bromeado sobre el calor, el frío, el alma y al arte.

Orloff me ha distinguido haciéndome sentar a su lado mientras el cielo se rompía en mil ruidos y colores con los fuegos artificiales.

He cerrado mis recuerdos, he dejado de ver la noche del Mediterráneo desde el *carrer* del Carme y he simulado que nunca había visto otros fuegos iguales. He llegado a la perfección, sin faltar a la verdad, al aseverar que jamás los había vivido igual que hoy. No he podido, sin embargo, evitar otra tiritona.

—Querido maestro, ¿otra vez frío?

—No, Príncipe, esta vez he sentido la inmensidad de la noche rusa al terminar los castillos de pólvora. No hay ni una luz en todo el horizonte que no sea el de las estrellas.

—Fijaos entonces en el suelo. Todas las que veis llevan del Kremlin a mi palacio. Son las únicas que veréis tanto al venir como al iros. Hoy solo marcan el camino, mañana… ¿Quién sabe lo que nos guardará otro día?

—Muy probablemente otro horizonte, con otro bello palacio pero mucho más cerca del mar. Otro cielo, con otros colores nuevos, con nuevas estrellas de brillantes luciendo en vuestra casaca. ¿No creéis que será lo que pase? Por lo hoy visto he llegado incluso a pensar en una partitura para un nuevo ministro en una nueva Corte Imperial. No sé si me faltan o sobran unas notas y no sé si de solista o de coro.

—Si pensáis en una composición para Ribas quizás os sugeriría un *adagio, lento,* que partiendo de un *forte* terminase en un *pianísimo.*

—*Sire*, si pensara en él, compartiendo vuestra gloria, merecería ser privado del gozo que proporcionan las musas y olvidar, con su ausencia, todas las notas.

—¿Pues en que pensabais?

—En una zarabanda orquestal que recogiera luces, caminos, antorchas y vuestro destino. Pero sin duda es sinfonía lo que saldrá de mi piano cuando haga, al veos en San Petersburgo, el último movimiento, que sin duda será un *maestoso.*

—Si queréis, no solo compartiréis ese movimiento conmigo sino que haré cuanto esté en mis manos para que sea un *allegro* continuo para vos.

Asentí y pedí permiso para ausentarme.

Frío. Orloff entendió el motivo pero no la causa que hacía tiritar mi corazón con su mirada.

Frío, el eterno frío de mi destino desde el silencio de tu ida. Mi hoy inaguantable junto al bóreas que provocó tu ausencia.

Marcha: *"Leggierezza"*

Al fin. Pensé que el día de hoy no llegaba nunca. Con la amanecida he tomado el coche de postas camino de Viena.

He decidido tomarme tiempo, recorrer la costa del Báltico y tras pasar unos días en Konisberg, pasar por Danzing y descansar en Varsovia. De Varsovia iré a Cracovia y de allí pasaré a Praga y Bratislava y, a pesar de no ser temporada de baños, me acercaré a Karoly Vari para descansar. Quiero dejar mi cuerpo limpio para entrar en Praga. No visitaré a nadie. Quiero que estos tres días sean solo para mí. Esta ciudad forma parte de mis secretos mejor guardados.

Es donde aprendí, con mi abuelo, tras mi encuentro con Mariana de niño, a ver el color del agua saliendo de la noria, a oír el ruido en el pentagrama, a contar cuentos de brujas y de hadas. Nada de palacios, nada de relojes, nada de personas... Solo yo y mi Praga y luego... Viena; mi amada Viena en el año de gracia de 1791.

Según me ha informado Dal Ponte, ya nada es lo mismo, aunque sé que no hay que creerle. Cuando dice que todo va peor solo quiere decir que a él le va peor. Así de simple.

El buen Emperador Leopoldo se ha olvidado del sol de la Toscana y vuela cada vez más alto. Eso sí: solo con el sonido de la música que prefiere.

Es más parecido a María Teresa que a su hermano y, si por él fuera, revocaría todos los Edictos de Tolerancia que su llorado antecesor dictó para el bien de sus súbditos.

Otra vez los médicos tendrían que hacer acto de fe católica en la Catedral para poder obtener su título profesional y no sé muy bien si los judíos podrían pasar a la condición de nobles del Imperio. No nos olvidemos que ahí sigue Rosemberg y que lo que ya está, está.

El Imperio Austriaco no ha sufrido internamente las consecuencias de la Revolución Francesa, y no cabe duda de que el benéfico reinado del Emperador José, su cuidado con la hacienda pública y la satisfacción que con el reconocimiento de sus derechos han tenido todas las minorías, incluidos los reivindicativos húngaros y los musulmanes bosnios, ha sido un freno para las revoluciones y revueltas a las que ha estado sometida toda Europa desde 1787.

Trece años después, Viena ronda ya los doscientos mil habitantes. Las murallas han sido sustituidas en su totalidad por el Ring y, en apenas cinco años, nada tiene que envidiar a cualquier capital de cualquier imperio. Me atreveré a decir que son las demás ciudades las que tienen que envidiar a Viena en todo lo referente a la felicidad y bienestar de sus gentes.

El florín sigue siendo moneda de referencia y con quinientos florines al año una familia vive con todas sus necesidades cubiertas.

Los alimentos básicos, la cerveza, el vino, la carne, los embutidos y las verduras están al alcance de todos los bolsillos. Con unos pocos guldens las mujeres pueden comprar lo necesario en plazas y mercados.

Si fuéramos vieneses tendríamos que incluir los dulces y el chocolate en el aprovisionamiento doméstico cotidiano.

Lo único que llevaría la Revolución a Viena sería el no poder comer, beber, bailar, cantar y ahora, más que posiblemente, casi seguro, el que prohibieran escuchar a Mozart.

Quizás Madrid tenga que envidiar a Viena pero, en honor a la verdad y desde que vino de Nápoles D. Carlos III, cada vez menos. Confío en que D. Carlos IV y D. Manuel Godoy sigan por los mismos derroteros que marcó el buen rey napolitano, y antes que él, su hermano Fernando.

La verdad es que no confío mucho pero, por el bien de todos, espero que tenga mejor mano para gobernar que la que tenía para ejecutar música cuando él era Príncipe de Asturias y yo su preceptor. ¡Qué diferencia con su tío el Cardenal-Infante D. Luis!

Lo que para la Corte de Boadilla del Monte era todo paz, sosiego y belleza; para la de Madrid, con sus apéndices de Aranjuez y La Granja, era lucha, encono y castigo.

Se puede tener oído para la música y para los relojes o solamente para los relojes y la pólvora de caza. El Príncipe de Asturias era de los segundos: un gran mecánico y un buen escopetero. Espero que afine su reino como su colección de relojes, al menos, y no gaste demasiada pólvora, como no sea en salvas.

Sinfonía de los siete soles

Tengo que agradecer que esa época fue bella y provechosa; me permitió estar mucho tiempo con mi padre, conocer a sus amigos, ver sus éxitos, aprender su gracia y donaire y darme cuenta de lo maravillosa que es la danza cuando es ejecutada por un artista.

Entiendo, tras verle bailar, cómo debe bailar un hombre, que sea una de las siete artes e incluso quizás que con una musa no le baste. La música, la poesía, la escultura, la pintura, el teatro y sus respectivas musas son necesarias, junto con Apolo, para llevar a buen término un *ballet* y, ante todo, hacer sentir y llegar al público sus movimientos expresados en cada artista y en la suma de todos en el escenario, la coreografía.

¡Qué maravilla ver bailar y dirigir a mi padre!

Reconozco que supe, y así lo hice desde entonces, que cualquier espectáculo que se preciase debía tener un *ballet* y, si no fuera posible, aprender a componer teniendo un *ballet* en la cabeza y hacer de cada nota un bailarín y de cada melodía una *suite*.

Todas mis óperas serían así: *ballet*. Y cada uno de mis *ballets* serían óperas también. Así me lo prometí en Boadilla una noche, y así lo he hecho tanto en Nápoles, como en Venecia, Parma, Florencia, Turín, más tarde en Viena y ahora en Londres y San Petersburgo.

Fue una feliz determinación ya que me ha permitido trabajar con Charles Lepicq. El más famoso coreógrafo de Europa se ha rendido a mi música. No solo ha dirigido el *ballet* de *La esposa persa,* sino que se me ofreció, desde la coronación de Fernando de Nápoles, a hacer la coreografía de cualquier otro *ballet* que compusiera.

A lo largo de mi vida profesional he compuesto diecinueve *ballets* y siempre, incluso contando con Lepicq, he visto en el escenario a mi padre bailando, como le vi en Boadilla reinventando con su cuerpo y, sobre todo y ante todo con sus manos, la música de Boccerini.

Decididamente he sido feliz. He hecho las cuatro cosas que más me han gustado y cada una me ha dado mil satisfacciones por cada desengaño.

Cierto, Vicente, cierto; solo tres: con la cuarta, las mujeres, ha sido justo al revés pero ha sido sin duda alguna lo más hermoso en mi vida. Me han dado amor, dolor y un motivo para comenzar y cerrar cada día.

En estas reflexiones se me ha ido el tiempo desde Kleinhaussdorf hasta aquí.

Me asomo a la ventanilla de la diligencia. Hay una gran animación. Veo una mano que me saluda y tras ella una cara sonriente: es Constanza.

Siempre, desde que me conoce, me ha tenido por un hermano mayor y consecuente. Sabe que soy una de las pocas personas a las que Amadeo quiere, y también la única que lo entiende y que no le aturde con consejos. En pocas palabras, sabe que soy su amigo.

Pobre Constanza. Nunca ha entendido a su marido, nada extraño. Por otra parte, a mí me ha costado lo mío y aún hay cosas que no comprendo.

Hemos tomado un coche para ir a casa de Mozart. Otra vez se ha cambiado de domicilio y con este van

¿once? He preguntado a Constanza, que me ha mirado y ha contestado con un encogimiento de hombros. De hablar habría dicho como otras veces: «Cosas de Wolfi», y, con eso, terminado el asunto.

En el mismo momento que parábamos en la puerta de la casa, Amadeo doblaba la esquina con la plaza. Al vernos ha apoyado su bastón de puño de plata y ha apresurado el paso, eso sí: ha utilizado la mano diestra para sujetar su sombrero. ¡Seguro que el muy presumido viene de la peluquería!

No conozco otra persona más pendiente del cuidado de su cabello. Es casi enfermizo y no creo que sea por tapar el defecto de la oreja, le importa un ardite el mismo.

—Vicente. ¡Menos mal que ya has llegado! ¡Te necesito!

—Yo también me alegro de verte.

—Eso ya sabes que yo siempre. Entiéndeme. Es verdad que te necesito. Tengo que terminar un trabajo de ópera y he quedado con un compañero de logia para hacer otra.

—Por lo que cuentas, me imagino que estás sin blanca, como de costumbre. Si fuese verdad médica el dicho de manirroto, tendrías que componer con las orejas.

Tras una carcajada me contestó llevando su mano donde tendría que haber estado el miembro mencionado.

—¡En mi caso ni siquiera con ellas, al menos no con idéntico compás!

Sigue siendo el mismo. Al besarle en la cara noté un intenso calor. Me retiré un paso para verle mejor y coger sus manos. Calor y unas chapetas en las mejillas. A pesar de la amplia casaca noté como el pecho se le disparaba como el de un pajarillo caído del nido y, en el cuello, la arteria le latía con fuerza.

Sabía que había una cosa que no se le podía preguntar y era cómo se encontraba de salud. Miré su cara y sus labios: azules. Alejó mi mirada con un ademán de sus manos y se giró para hablar con su mujer:

—Constanza, no prepares nada de comer. —Volviéndose a mí dijo por lo bajo—: en el caso que hubiese algo. Sube a casa y ponte aún más bonita. Vicente y yo te esperamos en el Dam. Comeremos allí y compraremos algo para esta noche. Nuestro amigo se quedará con nosotros. Tengo que darle de comer muy bien porque no he de dejarle pisar la calle hasta que terminemos el encargo.

—¿De qué tema va?

—Ni idea, de lo que se nos ocurra.

—¿Ya has hablado con Dal Ponte?

—¿No lo sabes? Ya no está en Viena. Lo han echado de la Corte, pero sorpréndete: no ha sido por moroso, deudor, espía o cualquier cosa a las que nos tenía acostumbrado. ¡Por bígamo, lo han echado por bígamo! Ni tan siquiera por ser sacerdote y estar liado, no hacer misa, ni rezar el breviario... ¡Por bígamo! Al parecer esto es ahora más inmoral en Viena que todo el resto.

—Pues vamos apañados.

Nos reímos mientras Wolfi le daba una cachetada en el trasero a Constanza animándole a subir las escaleras.

—Mejor, amiga mía, te esperamos aquí. Quiero que Viena me envidie cuando pasees de mi brazo aunque tenga que padecer el dolor de compartirte con tu esposo —animé a mi amiga.

Mientras la aguardábamos en la entrada, pregunté a Mozart:

—¿En quién has pensado para hacer el libreto de la segunda y cómo se llama la primera?

—La que ya tengo casi terminada es la *Clemenza de Tito*. Sin ninguna modestia, ya sabes que es el único pecado del que no soy culpable, creo que es magnífica. Este verano la estrenaré en Praga. Los checos son los únicos que realmente me entienden.

—Seguro que lo será. ¿Podré oírla?

—Mejor aún: revisarás las partituras y me darás tu opinión.

—De acuerdo. Y como no he podido hacerlo antes, te agradezco el detalle de MIS notas en TU *D. Giovanni*.

—¿Capto un matiz de reproche? Recuerda amigo mío que esas notas tuyas, dichas por mí en *D. Gio-*

vanni, serán de las cosas que hagan que el mundo entero te recuerde.

Y rió y yo reí con él. Pregunté a Mozart por nuestros comunes amigos, los Dusek. Mozart me habló de "su pequeña llama" con el mismo afecto de siempre. Josefina Duskova ha estado de gira en Viena y ha actuado con él, cantando las arias de *Las Bodas de Fígaro* y *D. Giovanni* apenas hace dos años. Mozart sabe mi amor por Viena y conoce, como nadie vivo, la necesidad que tengo de sentirme solo en ella.

—¿Sabes Vicente? Soy feliz en Praga. Han pasado apenas cuatro años desde el éxito de *D. Giovanni,* pero el recuerdo que más dichoso me hace es haberlo sido juntos. ¿Recuerdas la trampa que me tendió Josefina para que cumpliera mi promesa de hacerle un aria?

—Amigo mío, ¿cómo podría olvidarlo? Yo me quedé en el hotel Los Tres Leones de Oro mientras Constanza y tú os trasladabais a la Villa Bertramka. Recorrí el camino que unía la villa con el pabellón donde Josefina te había encerrado con la amenaza de que no saldrías hasta haberla terminado. Apenas nos asomamos a la ventana, tú nos enseñaste la partitura, y, por el brillo de tus ojos, supe que algo divertido habrías preparado para vengarte de tu amiga de infancia. ¡Virgen Santa, pensé al leer *Bella mia fiamma*! Esto no hay voz humana que lo interprete, y menos con la condición que pusiste de hacerlo a la primera y sin equivocarse. Pero lo hizo y te sorprendió.

Siempre que hablamos de Josefina, Mozart se pierde en un ensueño. Su cara se vuelve joven y dulce.

Sinfonía de los siete soles

Una noche me contó que solo por ella y por su hermana tenía bonitos recuerdos de Salzburgo. Josefina había acudido a Salzburgo a recoger la herencia de su
abuelo, el Sr. Anton Weiser, que había sido alcalde de
la ciudad. Josefina cantó acompañada de Mozart y su
voz, sonora y agradable, acompañada por su porte
gracioso y de un gran sentido dramático, impresiona-
ron a Amadeo hasta el punto de dedicarle el aria *Ah,
Io lo predivi*.

—Es de las poquísimas veces que he dedicado un
aria a una virtuosa dama, sin otro propósito que vol-
verla a oír, y sin otro deseo que el que fuese mi amiga
—terminó diciendo mientras salía de su viaje interior—. Mi deseo se ha cumplido. La he oído muchas
veces y este verano, para septiembre, volveré a disfrutar de su compañía y de la de su marido.

Constanza apareció con un bello mantón de Ma-
nila, regalo mío, y se puso en medio de los dos, asién-
dose de nuestros brazos. Encaminamos nuestros pasos
por Graben hacia el Café Dam. Entramos, saludamos
a las próximas mesas, llenas de compositores, tenores,
músicos del Burgtheater, actores y bailarines de toda
laya y nos sentamos en una mesa muy discreta, al lado
de la cocina.

En otras condiciones Mozart habría armado una
bronca por haberle querido sentar ahí. Eso me hizo
primero suponer y más tarde, al dejarme enfrente del
salón quedando tanto él como Constanza apenas visi-
bles, estar seguro de que los asuntos pecuniarios de la
pareja andaban como en sus peores momentos. ¡Y por
Dios que les había conocido y compartido muchos!

—¿Qué pasa? ¿Tan apurado estás?

—Desde que te fuiste, Wolfi no deja de jugar y ya han venido gentes enviadas por el Príncipe Alshtrast amenazando con romperle las manos.

—¡Calla Constanza, no molestes a nuestro invitado con las tontadas de siempre! Todo se pagará a su debido tiempo. —Encarándose conmigo continuó diciendo—: Tengo pendiente de cobro ochocientos florines del Emperador Leopoldo, quinientos más de Rosenberg y aún me debe el Conde Walstrom setecientos florines por la última parte del réquiem que me ha encargado por el fallecimiento de su esposa, María. Eso sin contar los dos mil más que Mariana me ha logrado por un recital en los salones del Príncipe Esterhazy. En total, si no me salen mal las cuentas, cuatro mil florines de aquí a diciembre. ¿No está mal, verdad?

—Mira: me lo has puesto fácil. Como decía mi abuela: «Más vale un toma que dos te daré». Hoy puedo pagarte la deuda que tengo contigo e invitarte también. Quiero que seáis mis invitados, en vuestra casa. En el caso que mi estancia no sobrepase mi deuda, me la cobras. Soy rico y tú lo serás en diciembre. No podré disfrutar de ella porque he logrado permiso para estar en Roma y Nápoles el final de año y quiero, de ser posible, acercarme a Valencia.

Amadeo inició un mohín de disgusto. Cambié la conversación pidiendo un vino generoso y sirviendo el humeante *Goulachsuppe*.

—Entonces ya está el tema zanjado y aprobado. Sois mis invitados. —Y, riéndome, terminé diciendo—: ¡Invitados por mí en vuestra casa!

Volviéndome a Constanza le dije:

—Y tú cuida con tu invitado. Vengo del frío y no hay mujeres más hermosas que las vienesas casadas.

—¿Qué tal por Rusia? ¿Te pagan bien?

No quise decirle la cantidad, más que generosa, con la que estaba dotado el puesto que ocupaba. A pesar de que Mozart ganaba más de diez mil florines al año, su ritmo de vida, aunque parezca imposible, hacía que esa cantidad no alcanzara a cubrir sus gastos.

—¿Qué es pagar bien? ¡No tengo ocasión para gastar un solo kopeck! He amontonado todo lo ganado y me gustaría gastarlo con los amigos, sin tener en cuenta de quién es el dinero. Quien lo tiene lo pone, como hemos hecho siempre. ¿Te parece?

—Bien. Cuando vuelvas de España el próximo año, yo correré con los gastos. Si es así, de acuerdo.

—De acuerdo entonces.

Apenas dije estas palabras, Wolfi se levantó del banco y llamó al sirviente:

—Vino, pan, salchichas, pollo, dulces y filetes para todos. ¡Martín y Mozart invitan para celebrar por adelantado su próximo éxito!

Brindamos los tres y junto a nosotros brindó todo el café. ¡Qué le íbamos a hacer, Amadeo es así!

Llamó a un jovencito que mordisqueaba una salchicha y un trozo de pan.

—Dale treinta gúldenes, Vicente, y que se acerque a la Logia para que venga Schikaneder. ¿Sabes?, no se atreve a salir de lo que debe. Aún no tiene nuestra costumbre. —Y rió, como reía siempre cuando se sentía protagonista y era feliz.

—¿Treinta gúldenes, Wolfi? ¡Es una barbaridad!

—¿No somos ricos, Constanza? Vicente lo acaba de decir. Si lo somos, ¡que lo sean los demás igual, paz, amor y fraternidad!

—Recojo esas palabras y las hago mías —dijo un recién llegado inclinándose y tendiendo la mano hacia mí.

—Había mandado por ti. Déjalo muchacho y disfruta de tu trabajo como sin duda lo habrías hecho. Vicente, te presento a Emmanuel. Compañero, masón, artista de talento, libretista y compositor... ¡Y en estos momentos, igual de arruinado que yo!

—Ya no lo estás; arruinado me refiero. Mi bolsa es la de Amadeo o séase que es la de todos mientras no se seque como la cecina de mi tierra y que, a buen seguro, y tal como empezamos, será antes de lo que quisiera.

—No importa: seamos felices y hagamos lo que sabemos, ¡una música que dure para siempre!

—¡Salud y éxito para todos! —terminé diciendo mientras, tras echarme al coleto mi quinta copa de *strump* levantaba la sexta jarra de cerveza viendo a través de su cristal todo el mundo de precioso azul-violeta.

La jarana continuó hasta casi las ocho de la noche; nosotros éramos fijos. Constanza, que había salido para cuidar a los niños, llegó a eso de la una de la tarde llena de cestas de comida, bebida y dulces para casa. Fue divertido ver llegar al mayordomo del Emperador y poderle decir que todos los empleados de la casa habían partido para la de Mozart y rogarle que esperase tomando con nosotros una jarra, cosa que hizo.

A las ocho, más o menos, embocamos una de las dos calles Graben haciendo la primera parada ante uno de los monumentos a la peste, el de la derecha de la plaza.

—¿Porque no escribimos algo de magia?

—Lo mismo pensaba yo —dijo Amadeo—. Es curioso: cuando nos sentamos aquí había solo dos monumentos y dos iglesias, ¿verdad? ¡Pues ahora veo enfrente otras dos!

—Esto o es magia o estamos borrachos y, como lo segundo no es, necesariamente los duendes pueblan Viena esta noche, y se ríen de nosotros seis.

—¿Cómo era aquello que nos contaste una vez en casa, embrujados por ese vino que llamas malvasía, a Casanova y a Dal Ponte? Tú y yo estábamos igual que esta noche. Tocamos el piano a cuatro manos y luego ya solo recuerdo que nos despertamos tumbados los tres en el suelo y Casanova desaparecido.

—Sí sé de lo que hablas. Os contaba cómo viví en primera persona algo que no sé si fue cuento o es historia.

—¿Lo recuerdas?

—¿Ahora? ¡Qué más quisiera! Sé que este es mi amigo Mozart pero y tú, ¿quién eres que te tomas la libertad de mojarme las perneras?

—Tranquilo: soy amigo de éste. Si te molesta, tienes mi permiso para mear en mi casaca, pero como se nota que eres un caballero, deja que Wolfi lo haga primero.

—De acuerdo.

—Mirad: Pasa un teutón de pro. Tal como vamos, seguro que se hace el sordo. Llamémosle. ¿A que no hace ni caso?

—¡Ludwig! —gritamos a coro.

—Pues muy sordo no debe ser porque viene hacia aquí. ¡Nos ha oído desde la esquina de Am Stephenplanz! —dijo, poco más o menos, Amadeo.

—¿Cómo no os voy a oír? Hacéis más ruido que la Pomerine. Por otra parte, de la esquina que dices hasta aquí no hay tres pasos... Eso sí: en línea recta.

—¿Qué insinúas? ¿Acaso que estamos bebidos? Recuérdame que le diga mañana a Van Swietten que nunca más te deje entrar en su casa. Pero hazlo, ¿eh? Yo seguro que me olvido. Querido Beethoven, ¿no sientes la magia en el aire? ¿No hueles el perfume de las hadas en la calle?

—No tengo ninguna duda de que lo olería si me dejase hacerlo el tufo de aguardiente y cerveza que me llega.

—Nada que hacer con estos alemanes. Ni oyen, ni ven, ni entienden.

—Como los monos sabios... Solo a veces. Os acompaño a casa, que buena falta os hace.

—¿Para qué? —dije—. El sol se asoma y la magia desaparece.

—Ya, me lo decís luego, cuando el dolor de cabeza que mágicamente os llegará cuando os despertéis, desaparezca. Si no os llega, creeré en esa magia. De momento, os llevo a casa de uno en uno, o los tres a la vez si podéis caminar. Ahora que pienso, solo sé la dirección de Amadeo.

Una dulce voz de soprano llegó, cargada de reproches risueños, saliendo tras Beethoven.

—Si eres tan amable y quieres ayudarme, ahí van estos tres ahora mismo.

—¿Ves amigo Ludwig? ¿Ves cómo tenía razón y olía a hada? Aquí está el hada Constanza, mi amada, esposa y reina. Siempre me rescata de cualquier feroz hechicera, aunque a veces preferiría que no lo hiciera.

Amadeo finalizó su perorata saludando con una gentil reverencia que dio con los tres en el suelo entre gran alborozo y risas de los cuatro, porque a Baco se le veían todas las carnes, incluidas las que debían tapar los pámpanos ya de hojas desnudos.

Constanza y Ludwig nos metieron como pudieron en un coche de punto y embocamos al Ring mientras amanecía y el sol apuntaba en el tejado de San Esteban, haciendo brillar sobre Viena el Águila Bicéfala.

Es cierto que existe la magia. De hecho, el estar con Mozart es mágico. He despertado sin dolor de cabeza. Solo sucio, meado y, tras ver a Constanza, que ha entrado a traerme una jofaina de agua clara, bastante avergonzado.

Constanza al ver mi cara ha reído.

—¿Creías que conociéndoos esperaba otra cosa? ¿Por un momento has pensado que a las seis de la mañana estaba en Graben de compras? Sabía dónde os iba a encontrar. Justo en el mismo sitio donde siempre termináis cuando vais juntos. Bueno, siempre no. En verano termináis en un banco en Augarten; y si es primavera, lo hacéis en Belvedere. En este tiempo siempre en Graben, ¡sois como la peste! Ahora lávate, quítate la ropa y dámela para que se oree. Quiero hacerlo yo, no vaya a ser que la fámula, simplemente con olerla, se emborrache. ¿Tienes el estómago para desayunar unos huevos con zumo de tomate, coliflor, fiambre y unas salchichas hervidas picantes? —preguntó muy amable mientras me tendía una palangana al ver el color gris-ceniza en mi cara y todas las arcadas del Puente de San Vito recorriendo mi gaznate.

—Eres cruel —le dije cuando acudí a la cocina y la encontré riendo como una loca.

—¿Pero a que te encuentras mejor ahora, sin nada dentro?

—Incluso tengo hambre. ¡No de salchichas picantes! ¿Podría ser algo de té con leche y tostadas con mermelada en lugar de fiambre?

Me tendió una preciosa jarra de porcelana de Augarten y una taza de Capo di Monti sobre una bandeja de La Granja llena de galletas y pasteles. Me fijé que solo quedaban dos platos de la fábrica de cerámica que en mi tierra tenía el Conde Aranda.

—Es tu taza, Vicente. Solo quedan tres con su plato y el azucarero. Las he guardado como oro en paño en cada uno de los traslados y solo las saco, para nosotros, cuando vienes a casa. Cada vez que Amadeo y yo las usamos pensamos en ti, y el sol de tu amistad se derrama en casa.

Constanza me ha contado sobre esas noches quietas en las que Amadeo no volvía a casa, o lloraba porque no sabía qué hacer cuando enfermaba un hijo, o se encerraba haciendo ver que no estaba cuando las deudas le sobrepasaban, cosas muy tiernas.

Nunca había entre nosotros silencios incómodos. Hablábamos como de mujer a mujer, quizás porque yo tocaba sus cabellos con la misma fuerza y ánimo que veía a mi madre hacer con mi hermana, o a mi padre al dar la mano y coger del brazo, acompañando con el mayor respeto a la puerta a los que solicitaban favores de D. Luis, haciéndole sentir que era uno de ellos, o en este caso una más. Más que Eloysia, más que María, más que Mariana, más: mucho más.

—No quiero que se lo digas, pero por las noches, cuando enciendo los quinqués de su estudio y le llevo esta bandeja y la taza llena de té, creo que compone mejor y es más feliz. Esta madrugada ha tenido fiebre y mucho frío. He tenido que arroparle con el edredón y poner en su frente agua fría. Estoy muy preocupada por él. ¿Qué podría hacer? Hay veces que, pegado a la estufa, hace que con el calor sus manos se abran y cierren. Últimamente llena su pipa con un tabaco que huele a flores pasadas o enciende unos cigarros teñidos de brea. Apenas termina uno de ellos como con ansia y luego escribe muy rápido, ríe, habla con extraños, con gente que no está. Lo oigo y me asusta. Hay días enteros que se encierra y habla y habla y no escribe nada. Entro y el orinal está vacío, lo mismo que las jarras de agua que me pide constantemente. Está hinchado como si tuviese hidropesía. Un buen día cambia, no hace sino orinar. Me besa y abraza a los niños, sale a la calle y vuelve cargado de comida y regalos. Lo toco y está fresco. No termina en un estertor su respiración, ni tiene las mejillas rojas. Cada vez pasa menos tiempo entre estos dos, Wolfgang.

Iba a contestarle pero en ese momento ha entrado en la habitación Carl Thomas Mozart, el eterno devorador de cuentos, el mayor de los hijos de Constanza y Amadeo y, por qué no decirlo, el mayor de mis admiradores pequeños.

Consume historias como otros niños inventan sueños. Cuando me mira con sus ojos azules y me pide un cuento, tengo que dárselo para que no suelte el abrazo y se quede quieto, sentado en mis rodillas mientras su madre le da de comer aprovechando que está ausente, soñando con la historia que para él ahora comienzo.

Hoy me ha exigido uno: «Pero que sea nuevo».

Quizás sea debido al despertar y a la primera conversación con Constanza. Noto sal en mi boca.

—¿Quieres que sea de viajes?

—Quiero que haya barcos y mares y también estén esas islas de las que hablabas con mi padre.

—Ponte cómodo y no bajes tus brazos de mi cuello. Esta noche pasada he tenido mucho frío y tus brazos me sirven de bufanda. Así, mientras se calienta la garganta, volverá la voz para el cuento. Toma esas gachas que te da mamá y mientras las comes comenzaré la historia.

Varazzione:
"Il Mago dell'Arcoballeno"

Hace muy pocos años, apenas veinte, justo la edad que me separa de este viaje, me enviaron mis padres, porque no comía nada, con un amigo capitán de un barco mercante, a comprar un mágico vino que llaman malvasía.

El barco era precioso. Hecho con la madera de un solo pino centenario en un puerto que llaman de Santa Cruz. El puerto está en una isla tan bonita como tu mamá y tan verde como los bosques de Viena en primavera.

Salí del Grao, que es el puerto de Valencia, y navegamos hasta donde dicen los cuentos antiguos que estaban las columnas de Hércules y la tierra del Rey de la Plata.

Unos dicen que era el fin del mundo y otros que pasado este estrecho que separa dos mares, las corrientes te empujaban hasta unos jardines que se llamaban Hespérides en un país siempre sabio y feliz llamado Arcadia.

Sea como fuere, y con aire favorable, pasamos de un mar a otro y bordeando la costa de África divisamos las Canarias, que así se llaman estas islas, y en varias bordadas llegamos a Santa Cruz de San Miguel de la Palma.

Dicen en España que allí paró Colón cuando iba de descubierta y que allí, cuando ya los Reyes contaron con esas riquezas, montaron el primer sitio para saber y poder contar todo lo que al Reino les llegaba.

Era un sitio tan rico, tan rico, que los franceses le tenían envidia y mandaron a un pirata llamado Pata de Palo para que lo quemase todo y lo dejase muy pobre, y así no fuera nadie, pero esa es otra historia que contaré más tarde.

Es un puerto inmenso, el tercero del Imperio Español. Hay naves de todo tipo: cañoneras y navíos de altura de dos y tres puentes, fragatas, carracas, brulotes y todo aquello que se te ocurra que flote sobre el agua y que con regalos se cargue.

Al fondo del puerto están las atarazanas y allí reparan los barcos a los que castigan las olas, y hay almacenes enormes con cosas que traen de América. Junto a los marineros, ves gente de peluca empolvada que va tomando notas de todo lo que tienen.

Si quieres ser capitán de barco debes aprender a contar muy bien los fardos y todo lo que traes, pues hay gente muy lista que una vez que los dejas en el puerto dicen que se te han caído o te cuentan en lugar de cuatro, tres.

Cuando llegué, y mientras esperábamos para encontrar atraque, me llamó la atención que en tanto que en el puerto había un sol espléndido, levantabas la vista y solo veías nubes tapando el resto de la isla. Pregunté por qué y otro marino que había ido más veces me dijo que era cosa de magia; que no se me ocurriera salir del puerto y entrar en la niebla. Que allí vivían los antiguos awaras con sus sacerdotisas y brujas.

Ya me conoces. Eso fue como decirme: «Ve allí para que cuando vuelvas le puedas contar a tu amigo Carl lo que pasa bajo la niebla, en lugares tenebrosos y oscuros, donde están los hechiceros que comen personas asadas a fuego lento. Son muchas cosas que nadie conoce y que merece la pena compartir y contar para que el pequeño Mozart lo sepa».

Apenas atracamos, bajé del barco y busqué en el muelle alguien que conociese la isla para que me la enseñase. Nadie la conocía. Ninguna persona había entrado nunca más allá de la aduana. Me dijeron que hablase con una persona muy, muy vieja, que hablaba con los hombres que llevaban a los almacenes los árboles en un raro idioma.

Así lo hice. Pregunté por esa persona y me llevaron a una población que ellos llaman Tedote; y nosotros, Santa Cruz. Subiendo una pronunciada cuesta, dejando lejos el puerto, el paisaje se agrieta, como si fuesen las breñas de pastoreo de mi tierra.

Entré en una casa pequeña donde terminaba el camino de carro y se estrechaba como para ser de herradura. Un árbol gigantesco servía de apoyo a la casa y alrededor de él se levantaba un muro de piedra volcánica, porque has de saber, Carl, que estaba en el país de los volcanes y que pocos años antes uno que llamaban Teneguía había explotado haciendo correr la lava.

La anciana hablaba castellano, que es una lengua de España. Le dije que quería conocer la isla y entrar en esa niebla y ver qué tenía. Había en la casa tres niños, más o menos de tu edad, y otra vieja, más todavía, que llevaba en las manos unas bolas que olían a flores. Eran como las del rosario que traje a tu madre, hecho por monjes cartujos, pero eran bolas azules, no rojas, y tampoco eran de pétalos de rosa sino de otra flor.

—¿Para qué quieres entrar en Benahoare y conocer su interior? ¿Qué te trae a ella? ¿La ambición, el conocimiento, la música, el amor? Piensa godo, según lo que respondas será sí o será no.

—La vida me trae a ella.

—¿La vida?

—Sí. ¿Qué otra cosa puede traerme a esta isla? Apoyado en la borda de mi barco, en la bocana del puerto, he sentido su mirada tapada por la niebla. Al bajar, el velo ha caído, pero el resto del cuerpo permanece escondido a mi vista. El amor es el sentimiento más noble. Quiero conocerla y sé que podré amarla. Sé que si oigo su son podré escribirlo en mi corazón y tener así la ambición suficiente para hacer de tu isla mi razón. Mi respuesta es tu pregunta. ¿Puede haber mayor motivo para poder fundirme con ella?

—Tardarías mucho tiempo en recorrerla. ¿Lo tienes?

—El tiempo es el material del que se hace la vida. Y estoy aquí. No sé si lo tendré más tarde y ni siquiera si tendré suficiente, pero sé que tengo este instante.

La otra anciana se acercó al fuego, miró a los niños y les dijo algo que sonaba como el cantar de pájaros.

—¿Qué ha dicho?

—Ha hablado con aquellos que pueden darte lo que tú no sabes que tienes, darte solo el suficiente para que veas y no pares y para que solo, cuando estés fuera, recuerdes. El pago por tu viaje es el conocer y no poder quedarte. ¿Aceptas lo que vale?

—Caro me lo fías, pero no tengo más remedio que apuntarlo en cuenta.

La vieja me miró a los ojos muy fija y dijo:

—¡Que pare tu tiempo!

Los niños soplaron el fuego y se levantó una nube de humo que dejó ver un cristal de roca que tenía forma de reloj de arena. La arena era negra y me vi metido dentro del cristal y vi cómo cada grano se volvía nube, montaña, árbol, agua y bosque.

Mis guías me soltaron la mano y la voz de despedida dejó de ser trino para tornarse sonido de carillón marcando las doce. La arena iba formando un inmenso agujero a mis pies y me atraía como si fuera un remolino.

No sabía a quién pedir auxilio porque en la linde había un sendero que llevaba muy, muy arriba, hacia unas cortinas de hielo, y yo tenía la sed que provoca el humo y el fuego. Unas manos me rescataron y alguien, a quien no vi, me dejó embocando un camino. Las nubes caían acariciando los pinos que se encaramaban sobre aristas de montañas que formaban, mirando al infinito, un inmenso circo, como si fuera un catalejo que mirara el cielo.

Si mirabas abajo, el cono se estrechaba, dejando entrever un fondo verde y azul dorado. Las paredes cubiertas de nubes blancas, el fondo tenía los colores de la paleta de Tiziano, Rembrandt o Velázquez, o mejor aún: del color de la mirada de Dios sobre la Tierra. Era una inmensa caldera donde hablaban los pájaros, la niebla, los árboles, el sol, el agua. ¡Todo hablaba diciendo un solo poema!

—¿Dónde estoy?

Los tres niños contestaron a coro señalando con su mano las montañas y la hondonada:

—Aceró.

Me cogieron de la mano, llevándome muy aprisa camino abajo. Señalando unas brechas en la ladera de la cañada me dijeron: «Adamacansis, Tigalate y Tedote».

Miré y sentí una indescriptible belleza. Un silencio solo roto por el murmullo del agua y el resbalón de las nubes sobre las paredes de piedra. Señalé una planta que nunca había visto y ya no vi a los niños.

Donde antes estaban, solo quedaba tres grandes violetas. Volví atrás y una roca enorme me impedía tornar sobre mis pasos. Tuve miedo y me senté pensando cómo podría salir de allí. Me estrujé la cabeza y cada vez que se me ocurría una idea, al lado mío surgía del suelo una violeta. Pensé en ti y en la cumbre salió otra flor.

Me dije: *No puede pasar nada malo si cada vez que pienso surge de la tierra algo bello.*

Tomé la dirección que habían señalado los niños. ¿Sabes Carl? Empecé a notar que me mojaba. Miraba al cielo, que era un mar de nubes, y no caía una gota. Por un momento pensé, y en el camino salió otra violeta, que alguien, escondido, me mojaba, pero no era así. En todo el camino, y cuando había un claro lo veía, la lluvia era horizontal, como saliendo de las plantas que me rodeaban.

A medida que bajaba seguí oyendo el agua, pero ya veía arroyuelos con aguas trasparentes a los que acompañaba haciendo su mismo camino hasta que cayó la tarde y acampé en un pequeño prado rodeado de plantas que jamás había visto. Bebí un sorbo de agua que me pareció ambrosía. Puse la manta en el suelo y busqué una piedra en la que reclinar la cabeza.

El sol se cubría muy despacio. Solo unos dardos entraban en la caldera, esa impresión me daba desde el lugar donde estaba. Uno de ellos atravesó la espesura dejándome ver unos frutos dorados. Sentí hambre y fui hacia el árbol. De repente una enorme serpiente se plantó ante mí y me preguntó:

—¿Dónde vas?

—Voy a coger un fruto dorado para comerlo. Tengo hambre.

—¿Solo quieres uno? La piel es de oro y su carne muy dulce. Si quieres me puedo enroscar en el árbol y te puedo dar más. Incluso podría coger algunos para que los llevases a tu vuelta. Por cada uno de ellos te darían mucho dinero en tu tierra.

—He comido tasajo y pan de centeno que llevo en mi mochila. Solo quiero tomar una fruta para probarla.

—¿Sabes que esta fruta quita el hambre y la sed?

—Ya te he dicho que he comido y bebido también. Dudo mucho que esa fruta calme la sed como lo hace el agua y sepa tan bien.

La serpiente se quedó muy quieta mirándome. Yo la miré muy fijo y le dije:

—En mi tierra nos enseñan a mirar a las sierpes cuando ellas lo hacen. Es la única forma que no te hipnoticen y luego, si son de tu tamaño, te coman.

La serpiente silbó abriendo toda la boca.

—No tengas miedo. El silbar así y abrir tanto la boca es mi forma de reír. Ahora lo hago pocas veces. Antes, cuando tenía tres hermanas más, yo salía de aquí y quedábamos una vez en casa de cada una y hablábamos de nuestras cosas. Ahora estoy sola y vivo guardando este árbol que tiene frutos de oro y estoy muy cansada porque desde hace casi trescientos años ya ni duermo.

—¿Y por qué no duermes? ¿Acaso temes que alguien robe esa fruta?

—Desde que llegaron unos barcos con velas allende y bajaron unos hombres vestidos de hierro en la parte de Aridane, peno por estos valles, estos pinos y estas flores. Mi amigo Tanausú vino a verme y quiso que los viese. No me gustaron cuando los vi bajar en Tazacorte. La última vez que vi a un hombre, y no era como tú, fue al Mencey de Aceró. Le acompañé hasta Adamancasis y le quise defender cuando le cogieron preso, faltando a la palabra que le habían dado, pero él me mandó esconderme y no pasar del riachuelo.

No le hice caso y cuando lo llevaron cargado de fierros y lo subieron en un barco, yo nadé y en pleno mar subí al barco y me acerqué.

En mi boca llevaba raíces de helecho y amagantes tostados y molidos y una jarra de sangre de drago. Le dije a mi amigo que comiese gofio y bebiera drago. Yo soltaría las cadenas y volveríamos a nuestra Benahoare. Él se me quedó mirando muy triste y me habló de la traición de su primo hermano; ya nunca la tierra de los auaritas sería la misma porque un awara había mentido.

Pensaba que tras eso, y la derrota de los menceyes en Timibucar, solo quedaba morir. Me dijo que volviese y guardase Taburiente y no saliera ni me dejase ver.

Él se quedó hablando con la Maga del Arco Iris. Solo decía *vacaguaré,* que quiere decir en vuestra lengua «quiero morir». La Maga del Arco Iris llamó a la Reina de la Noche para que le dejara la luna y la hechicera vino del Sur y le dio su casa como rodela y un puñal hecho de estrellas en forma de cruz.

Cada vez que Tanausú decía «quiero morir», entraba en su corazón una estrella y, al soplar el viento hinchando las velas, parte bajaba hacia mi Rey para unir cada una de ellas.

Por la mañana, cuando los marinos fueron a llevarle la comida, solo encontraron de él una corona. Por la noche, cuando marcaban el rumbo mirando la estrella que guía, un marino comentó que en el atardecer, junto a la estrella del pastor, había visto una nube roja que incendiaba esa estrella antes de fundirse en ella.

Y así murió mi Rey para vivir para siempre en la estrella, hecha de la tierra de Benahoaré, que las hijas de la noche habían preparado en tres días para él.

Esa fue la última vez en que los hombres, los magos y las serpientes fueron amigos, hablaron el mismo idioma y defendieron cosas comunes.

No pude evitarlo. Era imposible que de una isla tan pequeña unas muchachitas, por mucha magia que tuvieran, hubiesen podido hacer nacer una estrella. Por eso le pregunté a la serpiente:

—¿Y de dónde sacaron esas ninfas tanta tierra como para hacer nacer una estrella?

—De donde el plato se convierte en caldera.

Apenas dije estas palabras, los brazos del hijo de Mozart resbalaron de mis hombros y su cabeza se apoyó en mi pecho.

Constanza lo cogió muy despacio sonriéndome y dijo muy quedo:

—Si no quisiese a Wolfi, te querría solo a ti por lo bien que cuentas los cuentos.

Encendí mi cigarro de buen tabaco veguero y una mano, saliendo detrás de mí, cogió dos de mi petaca.

—Espera que vuelva mi mujer para seguir contándonos esa historia.

Mientras ordenaba mis recuerdos, que no eran otra cosa esta historia, Amadeo y Emmanuel se habían sentado a tomar café detrás del banco en que yo acunaba al niño.

—Por cierto Vicente: yo también te querría sino fuera porque ya te quiero, aunque menos que a la música, a ellas, al tabaco, al juego, al vino y otra cosa que no recuerdo. Ah, sí... ¡Al dinero! —terminó diciendo Amadeo mientras le hacía señas a su mujer para que se sentara en sus piernas y le acercara papel, tinta y una pluma.

—Estoy seguro de que el cuento sigue y que Carl se ha dormido justo cuando nos conviene.

El arrebol cubrió el rostro de Constanza, desvié la mirada de su cara y no encontré sino una sola mano, la derecha, saliendo de la camisa de Mozart. *Bien*, pensé, *si la derecha remata en pluma, justo es que la izquierda acaricie lo que encuentre en su camino y quiera*. Miré a los dos y guiñé un ojo a mi nuevo amigo masón:

—Si justo te conviene, es justo que nos vayamos, porque sería injusto para vosotros dos el quedarse.

Emmanuel asintió carraspeando y Amadeo se levantó muy despacio.

—Vicente: eres un envidioso, ¿acaso no estaba preparado para poner en música tu cuento?

—No: si a mí no me daba celos el papel, sino la otra mano en otra piel, pero tienes razón, ¡pura rabia! Déjame seguir la historia y veremos quién envidia a quién.

Continué:

Unas lágrimas brotaron bien a pesar mío. La serpiente, sorprendida, me miró con otros ojos.

—¿Lloras? ¿Por qué lo haces?

—Porque sé lo triste que es perder a alguien que quieres. Pero no lloro solo por eso; también lo hago por el tiempo que no he sabido ver que las serpientes saben querer. Lo hago porque ahora entiendo lo que dices y no sé si lo haré por mucho tiempo.

—Tenía el encargo de no dejarte pasar de aquí y que no tuvieses otro amanecer.

—¿Querías matarme?

—No, nada de eso. Las dos sacerdotisas, cuando te vieron, quisieron que te quedases para siempre con nosotros. Yo solo tenía que lograr que probases la fruta de oro, que olvidases tu antes, y permanecieses con nosotras para siempre. Las pruebas eran muy simples. La primera era saber amar y la pasaste; la segunda era saber sentir piedad por un amante y ahora, con éxito, la hiciste. Ya solo te queda una tercera aún pendiente. Sigue tu camino y ¡ojalá mis magos y tu Dios hagan que triunfes!

Desaparecieron en la espesura, la serpiente y los árboles de frutos de oro; y volvió a abrirse un camino con una fuerte inclinación descendente. Recogí la manta y me puse la mochila. Corté un leño ligero, de un olor penetrante, para que me sirviese de apoyo.

Entre todas las melodías que llegaban a mis oídos, unas cantadas por bejeques otra por tajasastes, me deslumbraba la que llegaba de más lejos, la que latía en mis sienes mientras entraba en el reloj de arena, cantada, creo, por la madera del techo de la casa en la que olí el fuego. Comenzaba grave y terminaba en agudo sostenido, como un intenso lamento gritado por un niño herido. Salía de las raíces de un árbol al que la serpiente había llamado drago.

Lejos oía como el inicio de una orquesta cauta, donde cada instrumento marcaba sus afines. A medida que caminaba iba llegándome un tenuto, como si la naturaleza entera acoplase sus melodías para hacer de todo un recitativo intenso, preparando el clímax de un aria que presiento.

Cambia de repente el paisaje para no haber casi nada. Solo hay unas piedras y una caída de agua. La naturaleza calla, desaparecen los sonidos y todo, todo espera. Solo está el silencio grave de pasos y la percusión tonal de un corazón que late.

La nube se rompe y la mañana entra rauda, lanzando un sonido de metal que hiere el agua y la descompone en siete colores. Cada gota lleva consigo un arco iris y cada una baila, flotando en el aire. La cascada calla al entrar en el estanque y deja que el agua ríele y forme ondas que llegan a mis pies silentes.

Ella solo se mueve, envuelta en agua, con los cabellos pegados a la espalda. La miro y deja de ser ella para ser tú. El lecho suena como un bajo continuo, simple y ligero.

Te escucho y solo oigo tu cuerpo. Me siento y te vuelves y abres tus ojos y miras el valle. Y sales de la cascada y te sientas en una piedra y me ves, mirándote sin decirte nada. Sonríes y me tiendes la mano para que entre en tu agua. Oigo decir a tus ojos: «Te esperaba». Y mis ojos contestan: «Te soñaba».

Te vuelves y haces que mi cuerpo cubra tu espalda y mis brazos pasen por tus hombros, haciendo de mis manos las copas de tus pechos. Y el arco iris entre los dos desaparece. Cada gota es azul entre los dos.

Al verte soñé que había soñado mi sueño. Te vi, como lo hacía todas las mañanas, revolviendo el puchero. Probando nuevos encantamientos que te contaban los gatos, los lagartos, las palmeras y el huerto. Viví tus mohines, tus enfados y risas cuando de las probatinas que hacías no salían otra cosa sino potaje, garbanzos, lentejas y algunas veces, las menos, algo de tiempo, muchas quemas y ningún encantamiento. En otras, la olla rebosaba cuentos y de las lenguas de fuego brotaban sonrisas. Aquella mañana la maga no sonrió al verme, supe que no tenía tiempo. Vi que vestía ropa de arena de embrujamiento. Al volver la luz salí para ver el camino, para saludar con la mano a mi amada cuando volvía de la cascada desnuda y mojada.

Siete mantos de siete colores la envolvían anunciando con uno de sus pilares, en mi puerta, su llegada. La entrada había cambiado. Ahora era de nieve y de nubes de hielo. Tomé de sus manos el hielo y la nieve y miré con los ojos del alma muy lejos, muy dentro de ella, y supe qué hacer.

Encendí con las velas del recuerdo el fuego del aliento y soplé. Lo hice muy fuerte, hasta convertir la nieve y el hielo en agua. Miré hacia el cielo desde la casa, que ya no era blanca, y pedí al sol que me ayudara.

Soplé, y del agua atravesada por su luz surgieron líneas tenues que cubrieron el cielo del valle, y a medida que salían musitaba muy despacio «TE QUIERO» en cada una de ellas.

Supe que lo mejor de mí quedaba allí para siempre. Entonces sí; entonces ya pude partir despacio, muy despacio, dejando para ella mi última primavera.

Mi deseo rompe el agua y acudes para dejar que fluya, como antes, como he soñado siempre. Siento que todo está bien. Que tú me cubres y que si camino me sigues. Si estoy quieto me montas. Si te galopo, te abres. Si te acaricio, sonríes. Si te colmo, duermes. No me canso de mirarte, ni de sentirte.

Así pasé el día, y a ese siguieron otros, llevado de la mano de la maga hasta un prado y un jardín cerca siempre del agua. Me quedé dormido, tendido en el jardín, y mis últimas sensaciones fueron el olor de mi espliego y de tus flores de romero, el manto de amapolas y tu sonrisa de ensueño. No sé cuánto tiempo dormí, pero sí sé que lo hice con la sonrisa en los labios.

Me despertó el frío; el temblor que de repente sentí cuando oí que me había quedado dormido. Aun así desperté sonriendo porque la voz que había oído era la de la maga que me habló bajo la cascada. Me desperecé y abrí los ojos.

Todo estaba cubierto de hojarasca y hierbas. El jardín en que se había trasformado el reloj de arena había desaparecido. Solo la sombra habitaba esa zona. El sol corría en el cielo llenando la celeste arcada y no supe, al verlo, si era amanecer o atardecida.

Oí un grito de ira multiplicado en mil cascadas de agudos y supe que la Reina de la Noche había negado a la otra maga mi presencia en su tierra.

Miré y estaba tendido en un lecho de hojas secas. Mis ojos buscaron el cielo y se toparon con el techo de vigas de drago. Giré la cabeza y junto a mí, mirando al fuego, estaba la vieja de las cuentas y los tres muchachos.

La anciana me miró muy despacio, con pena y comprensión en los ojos. No dijo nada. Cogí su mano y, como me pasó al llegar al valle, sentí un calor que me llevaba muy lejos.

Volví a cerrar los ojos. Respiré muy hondo y al hacerlo oí cuatro suspiros y un lejano silbido. Abrí la mano y en ella tenía una manzana de oro. Tomé la de la anciana y se la puse cerrándosela luego.

—Devuélvesela a la serpiente y dale las gracias. No necesito esa manzana. Si la llevase conmigo, la gente de mi tierra preguntaría y, al final, sabrían quién y dónde me la han dado.

—Ella me dijo que apenas despertases así dirías.

La vieja que contaba bolas de flores habló en esa lengua extraña, sé que hablaba en Benahoari y, no sé cómo, yo lo entendía, igual que entendía la canción infantil que los niños cantaban fuera de allí. Continuó:

—Yo era la que no quería dejarte ir y que conocieras mi tierra. Te he seguido, hablando con mi hermana y mis animales, mi serpiente y mis montañas. He dejado que bebieras el agua que embriaga y he dejado que vieses también la magia. Te he contado mi historia. Ahora que te he traído para que pagues tu deuda, me encuentro con que mis montañas, mi serpiente, mis animales, mis plantas, mi hermana, e incluso la Maga de la Trenza de Agua, me piden que te pregunte, a cambio de esta manzana, qué es lo que quieres hacer en el otro día que te van a regalar para ayudarte en tu tercera prueba, todavía pendiente.

Me dirigí a la anciana tras pensar muy detenidamente qué quería tener en ese día de magia que todos me regalaban.

—Debes ser la Reina de las Magas porque eres la que me puedes dar lo que antes negabas. Lo que más deseo es estar donde y con quien estaba. Para eso no necesito magia, me sobra con poner el corazón en la memoria.

—Has vencido tu tercera prueba. Ahora puedo hacerte un regalo antes de pedir que te vayas y no vuelvas. Haré que vuelvas a la tierra de los dragos junto a las breñas y de allí te acompañe la maga que amas y te diga quién es, hasta dónde y cómo quiera.

Los niños que ya conocía, junto a una niña nueva, me cogieron de la mano. Al verte soñé que había soñado mi sueño. Te vi, como lo hacía todas las mañanas, revolviendo el puchero. Probando nuevos encantamientos que te contaban los gatos, los lagartos, las palmeras y el huerto. Viví tus mohines, tus enfados y risas cuando de las probatinas que hacías no salían otra cosa sino potaje, garbanzos, lentejas y algunas veces, las menos, algo de tiempo, muchas quemas y ningún encantamiento. En otras, la olla rebosaba cuentos y de las lenguas de fuego brotaban sonrisas. Aquella mañana la maga no sonrió al verme, supe que no tenía tiempo. Vi que vestía ropa de arena de embrujamiento.

—¿Sabes que lo único en lo que las hechiceras no mandáis es en los "cu-cus" del tiempo? Bueno, así, entre tú y yo, tampoco mandáis en las almas ni en los sentimientos. Ni en los amores, ni en el dinero. Tampoco en el futuro, ni en el presente. Quizás sí en eso, menos en el dinero, si mandéis al menos un poco, creo.

Mientras hablaba apareció la niña que me miraba por las noches con ojos muy abiertos, tan abiertos como el despertar de la mañana. La niña me dijo mil y una cosas. La una me la pidió de una forma que supe que no podía darla. Dije que no, que no lo haría, pero la niña sabía que le mentía. Y así pasó mi día. Un día en la casa donde la magia vivía.

Al volver la luz salí para ver el camino. Supe que lo mejor de mí quedaba allí para siempre. Entonces sí; entonces ya pude partir despacio, muy despacio, dejando para ella mi última primavera. No importaba quién la viera, ni quién pasease en los valles que tras mi marcha continuarían verdes y floridos. No importaba que otros los hollasen.

No preguntéis cómo sentí que tenía que reemprender el camino. Sabía que el descanso había terminado. Reencontré la salida y pasé sobre sus señales hasta llegar a la entrada del valle. Lo hice muy despacio, con andar cansino, queda la voz, y mirando, sin ver, a lo lejos. Caminé solitario, sin saber si salía o me perdía. Solo sé que me cubría un intenso frío. Tiritaba. Noté que levantaban mi cabeza y la apoyaban en un cálido regazo. La fiebre hizo que llamase a mi madre.

—Todos los hombres, cuando tembláis, llamáis a vuestra madre.

Esa voz, con suave trémolo final, hizo que mirase más allá y perdiese el miedo.

—Estas aquí de nuevo y ya no puedo darte otro regalo.

—Gracias, Reina de las Magas. Ha sido precioso, aunque ahora en mi corazón solo sienta la noche.

—Era tu tercera prueba y la has pasado con el amor de ella. Si en verdad la quieres, no debes seguirla. Ella dudaría entre volverse humana o seguir siendo maga. Hoy, cuando mandé al frío que te cubriera, has de saber que ella lloraba. Al romper con su cuerpo el agua de la cascada, las flores se quejaban del sabor del mar y la arena brillaba. Al volver a casa sentía frío y se cubría el cuerpo desnudo y su caminar buscaba el sol. Comenzó a dejar tras de sí una estela de sombra. Allí tuve que intervenir y borrar de su mente tu presencia y dejar solo un vago recuerdo para que la niña siguiera siendo maga.

Hice una pausa, acerqué un poco de carbón al fuego, encendí un nuevo veguero y me serví un moka cargado. Tomé de la fuente de porcelana un buen trozo de pastel de manzana y comí tranquilamente.

Constanza se levantó furiosa y me golpeó en el pecho con los puños cerrados. Mozart me miraba incrédulo. No podía entender cómo callaba sin terminar el cuento y menos aún podía creer que dejase a medio un recitativo al que él ponía música.

—Termina de contarme esa historia, estoy callada escuchándote y soy una niña buena.

—Continúa, asqueroso intrigante. Siempre paras en medio. Lo mismo de juerga que en el teatro.

—¡Ahhhhhh, me encanta que me hagáis coro! Ya sabes que nunca lo uso, ni en la música ni en la vida. Me encanta recitarlo solo, o solo bien acompañado —dije guiñando un ojo y haciendo con mis manos la curva de una guitarra en el aire.

—Siempre serás igual, Vicente.

—Lo que es necesario es que no cambie. Va a ser muy fácil ser libretista a partir de esta noche.

Tras reponer fuerzas, continué:

—Salí de la casa dejando atrás niños, sonidos y voces. Bajé por el camino que llevaba a la aduana. Tuve una extraña sensación. El que estaba parado preguntando quién podía enseñarle la isla era yo.

Miré atrás y un papagayo, la serpiente, el reloj y una maga me decían adiós chillando, silbando, con su arena y con su voz.

Más allá, entre las brañas, una mirada me decía que esperaría siempre a que volviera.

Llegué al puerto y unas niñas saltaban a la comba mientras cantaban un romance que decía:

"Cuentan que llegó un soñador a este muelle de poniente, cargado con todo el sol de su tierra de levante.

Pidió a tres chiquillos, a un drago y a una sierpe que le hicieran una choza, para en la isla quedarse.

Cuentan que ciego quedó y tiene por acompañantes tres niños hechos violetas, una maga, un drago, una cascada, el fuego, el humo, tu desnudo y sus calores.

Y esta es la historia de un poeta que acabó embrujado por poner su corazón en la boca de una fuente en el fondo de una caldera que llaman de Taburiente".

El barco estaba cargado; El capitán llamaba y yo supe que no habría vino de retorno, pero que siempre, siempre, sabría lo que es la Malvasía: el precio que pagué a las magas por conocer Benehoaré toda, toda, en tan solo una mañana.

—No me gusta nada el final. Siempre haces lo mismo. Vienes del país del sol, nos emborrachas con tus vinos, nos bailas como Lepicq y te comportas como un Apolo. Al final te retiras y desapareces. Eres una tristura, Vicente. Hasta las pléyades lo dicen.

—Es cierto: pero el tema es precioso. La isla, las magas, los niños, el amor. Si me permites unas pequeñas variaciones, ya tengo prácticamente hecho el libreto. Es más, ¡me pido un papel de barítono y, como autor de la letra de la obra, me lo doy! —dijo Schikaneder.

—Yo me pido dirigirla, así me ahorro contratar un director. ¿Y tú, Vicente, qué te pides? —siguió la conversación Mozart.

—Que sea un gran éxito para los dos. Tengo que estar en Roma en septiembre y son doscientas sesenta leguas españolas. Ya sabes, Amadeo, que en cuanto pasas Florencia hablar de más de seis leguas diarias es soñar.

—Cierto. Soñemos los dos. ¿Sabes que me gusta más que tu amor sea la hija de la Reina de la Noche?

—Creo que tendríamos que hacer que fuese un mal bicho. Ninguna madre aceptaría que el amor de su hija no pudiera volver nunca. —Apunté esta nota a la identidad de la maga.

—No tenéis ni idea de lo que siente una mujer, y más si es maga por nacimiento. ¿Os habéis preguntado si ella dejaría su inmortalidad por amor? —interrumpió, molesta, Constanza.

—Así, ¿sin más? —Aquí Schikaneder sacó a relucir su idea del todo y del nada.

—Calla Emmanuel o te pondré un candado en la boca —amenazó Constanza ofendida no ya por lo dicho, sino por la forma y el gesto del invitado al hacerlo.

—Acepto el candado de manos de la maga reina de esta casa. Callo y escribo.

—Buena idea. ¿Tú qué opinas, Vicente? Tienes experiencia en malos líos familiares en tus óperas. Pero mejor dejemos de hablar y hagamos lo que sabemos hacer.

Y nos turnamos en escribir música; yo intentaba que fuese brillante y divertida viendo como Constanza y Amadeo hacían la pamema de encontrarse bajo la cascada de piedra en el bosque y Schikaneder hacía de reloj.

Amadeo se empeñó, junto con los otros dos, en matar a la serpiente y en hacer de las niñas magas de la Corte de la Reina de la Noche, y en hacer de mí un príncipe y un sabio guardián de un templo de luz para vencer a la noche.

Las notas, todas de Mozart, las íbamos recogiendo los dos en papel mientras Constanza hacía que no nos durmiéramos a base de café.

Así terminó esa noche, la última que pasé con Wolfgang, contando mi historia, que terminó siendo la de *La Reina de la Noche*, escrita a cuatro manos, dibujando yo, más tarde, otras notas en mi almohada que seguían hablando de mi maga del arco iris, en cada recitativo, en cada aria, siempre con un sol brillante inundando de recuerdos mi estancia en la tierra más cerca de Occidente.

Salí del dormitorio muy temprano, con una bolsa de viaje con ropa blanca y sin hacer nada de ruido. No me sirvió de nada. Constanza estaba despierta, esperando con una taza de té y un pastel de manzana para tomar sentado junto a ella.

Me tendió una escudilla de porcelana tapada.

—Vicente, dentro tienes comida para el primer tramo del viaje. Antes de irte, por favor, termina para mí ese cuento.

Lo hice porque la quería, era la mujer de mi amigo y, si no cantaba como Aloysa, sí reunía toda la comprensión que yo necesitaba para terminar mi cuento de la noche pasada.

—Ya no es un cuento, mi dulce amiga, son latidos del corazón. Hay cosas que ni tan siguiera un ciego debe contarlas.

Incluso así seguí:

—Dicen que aún hoy los amantes se asoman desde allí al valle y ven siempre el arco iris. Cuentan que, cuando nota el amor en donde el viajero de mi cuento dejó reposar su recuerdo, surge de su suelo, y para la enamorada, un pequeño *bouquet* de violetas silvestres.

Sé que la niña a la que acariciaba el pelo se durmió sonriendo y cuando la cogí en brazos para llevarla a la cama me abrazó y me pidió que siguiese allí. Así lo hice. Besé a la niña en la frente y dejé una lámpara encendida para, si se despertaba, continuar contándole el cuento.

Me debí dormir, pues a la luz de la lámpara vi cómo del fondo de la habitación salía una hermosa mujer que me dijo:

—No llores, soy yo, la niña, la misma niña que ahora velas, pero esta es la imagen que tendré cuando me haga mayor. Nunca podré quererte como se ama a un hombre, pero, ¿sabes?, siempre necesitaré quien me acaricie el pelo.

Sonreí. La maga, pues ella era la niña y la mujer, cerró los ojos cantando una canción. Canción que recordaba, pues ella me la había cantado hacía tiempo, mucho tiempo. Yo sabía el título, la letra y su son.

Permanecí quieto, vigilando su sueño, porque esa mujer, antes de ser niña, cuando ya era parte de mi vida, me dijo que siempre, siempre, necesitaría quien le acariciase el pelo y le oyese cuando quisiera o sintiese que tenía que decir algo al viento y, solo yo, tras haber conocido su isla por dentro, sabía cómo hacer llegar esos sonidos más allá del valle.

Enfermé. Había perdido peso en Florencia cuando mi amor me echó de su lado, sin ver ni imaginar siquiera que quien quería iba a ser la causa de su desventura, prisión y muerte. Notaba que ahora me pasaba lo mismo que entonces y que, como aquel día, tenía que dejar todo aquello que me enamoraba y que era parte de mi vida.

Los marinos del barco que me había traído a la isla, enterados de mis andanzas, y pensando que era solo el "mal de ojo" de los isleños lo que me ponía enfermo, me embarcaron de vuelta a casa.

La luz se agota y el sol se pone. Apoyado en la borda veo que el agua se inflama de rojos sobre verdeazules. La vista me engaña. Dejo pasar tiempo. Veo que el astro desaparece y con él los colores. Todo se vuelve gris. Rocas, mar y nubes se confunden. La isla es una línea de fuego sobre la nada. Solo queda el hechizo de esta parte de

LEYENDA

Una antigua leyenda isleña hecha cuento
dice que era un dragón, que vivía de noche,
quien despertaba al sol en la mañana.

La misma leyenda dice que el mar
daba al sol el refugio en sus negras aguas
para que la palabra del dragón hecha llamas
para que su boca con el beso de la mañana
la luna se acostase por el mar abrazada
sabiendo que el sol no se quemaba.

Cuentan también otras leyendas
que desde tierra y en las sombras
los magos de antiguos dioses
veían al dragón en oscuro de los mares
y oían sus alas en los rompientes de corales
Dicen, en estos mares, que al morir el último rey
dejó, a quien lo cuenta, hecha música esta leyenda.
Un soñador, un poeta, puso jardines donde nace el sol,

entre las piedras y lava donde muere el agua
y en los sitios donde las rocas son solo sombras.
El dragón despertó y en su primer día de salida,
perdido entre el sol, las nubes el mar y las rocas
habló con el jardinero y le exigió unas palabras.

Dicen que el poeta enseñó al dragón su jardín canario
y el dragón para poder seguir saliendo en las mañanas
y ver al sol entre las flores, aceptó música y palabras.

En el castillo de popa oí estas palabras dichas para mí
por mi niña maga.
Se puede secar un alma
y no romperse
Se puede morir un árbol
y no caerse
Solo depende del alma
del árbol y del paisaje.

La luna se levanta y el negro del mar refleja ríos de leche. Ya no soy un niño y dejo que esos ríos pasen. Dejo la amura y desciendo al sollado donde tengo mi cuartucho, sin luces, sin nada que no deje embriagarme. Bebo ron, me tumbo y veo sobre mi cabeza, muy cerca, cuadernas de pino. Duermo y no sueño. Sé que no volveré a ella y que nunca tendré a Beneohari, a nadie, ni nada.

Saqué el pañuelo y toqué las lágrimas de Constanza.

—¡Chistttttt! No llores. Nunca llores, niña, por un amor que se pierde. Ríe conmigo, porque tuve el sol desde la amanecida hasta la puesta, y pude gozar del calor de mediodía, de la luz de la aurora y de la suavidad del atardecer cuando desaparecía.

—Lloro por ti, Vicente. Por tus amores perdidos y por el único mío que siento perderé pronto.

—Adiós mi dulce niña.

Y salí, y no volví a verla.

"Réquiem"

A mi alrededor se extiende la nueva columnata de San Pedro. La iglesia madre de todos los cristianos parece haber estrenado unos brazos cuyo único propósito es abrazar a los fieles que se sienten tristes y desventurados. Hoy soy yo uno de ellos. He venido a rezar. Varias cartas me han estado persiguiendo desde Venecia hasta aquí, pasando por Florencia y Nápoles.

Hoy, día en que nace el Niño Dios, día en que nace la luz que alumbrará nuestro camino en la noche de la muerte hasta el eterno encuentro, me ha llegado la noticia de que el pasado día cinco ha fallecido Wolfgang Amadeus Mozart a la edad de treinta y seis años.

La genialidad es amarga. No se la entiende. Se la discute, se niega, se siente. A veces los señalados renuncian a ella por la soledad que lleva a quien la padece.

En su carta Gottfried van Swieten me dice:

Querido Vicente, esta mañana ha aparecido un hombre en mi casa. Hace un día espantoso. Llueve y hace frío. Me había acostado muy tarde y, por qué no decirlo, con alguna copa de más en el cuerpo. Había estado con Hummel y con Beethoven en casa de Mariana Martínez y, tras escucharle un pequeño concierto con las últimas sonatas de Mozart y tu sueño, nos fuimos a Dam.

Hablábamos de todo lo bello que tras el éxito de *la Flauta mágica* íbamos a recibir de Amadeo. Yo me aventuré, sabiendo la parte que has tenido que ver en esta obra, a afirmar que en 1792 veríamos una obra conjunta, con un gran *ballet* y una, aún más maravillosa partitura y libreto, ópera firmada por Wolfgang y por ti. Al fin veríamos tanto a los "Kenner" como a los "Liebhaber" puestos en pie, como un solo público, aplaudiendo a sus dos creadores preferidos. Frente a su insistencia he bajado y me ha dicho:

—¿Es usted el Sr. Barón, amigo del músico Mozart?

—Lo soy. ¿Qué ocurre?

—Vengo de San Esteban. En estos momentos están echando un responso al cadáver de su amigo.

—Sin duda alguna se equivoca usted.

—Soy solo un pobre que pide en la puerta de la Catedral, pero tanto mi mujer como yo hemos oído todas y cada una de las obras de Mozart y, no crea, a veces colarnos nos ha costado quince gúldenes. Cuando tenía éxito, y le pagaban, todos cobrábamos y él decía: «Sois mi público. Si otros pagan por oírme, vosotros debéis cobrar para poder pagar luego escuchándome».

Tras esas palabras, supe que tenía que ser verdad. Me vestí rápidamente y fui a la Catedral. Hablé con el empleado de la funeraria y le dije quien era. Me escuchó y me contestó que él solo sabía que el muerto era pobre. Fuera estaba un caballo famélico, un viejo carruaje, un cochero, ¡y nadie!

Pedí que esperasen a que fueran las nueve de la mañana y poder acercarme a casa de mi banquero. Me replicó que no podían esperar, que los otros cadáveres tenían que recibir cristiana sepultura y que nadie pagaba por su entierro, solo el Ayuntamiento y los Caballeros Teutones.

Dije de pagar los otros cuatro entierros. La misma respuesta. Busqué en mis bolsillos y solo encontré doce florines. Los ofrecí como adelanto solo porque aguardaran una hora. No hubo forma humana.

A las nueve horas tenían un entierro de gala y luego otros tres más en San Carlos, en San Matías y tenían que transportar a los fallecidos a otros tres cementerios.

Estos pobres iban a la fosa común del Cementerio de San Marcos, pero con once chelines y cuarenta y seis gúldenes podía pagar un entierro de tercera y que el cadáver fuese en un ataúd hasta la fosa común.

Amigo mío: lloré y lamenté no tener en esos momentos nada más de dinero. Las funerarias, hartas de ver cómo terminan todas las promesas, no creen sino en el dinero contante y sonante. Nada de pagar más tarde. Estoy convencido que no creen en nada que no sea ese momento. Todo termina aquí y lo que no tienes, no lo tendrás nunca, y nadie dará nada, porque nadie espera ya nada de ti. Aplican eso también al pago de sus honorarios. Si yo hubiese hecho lo mismo, nuestro amigo habría tenido un entierro de rey, no el que ha sido.

Recordé que a las ocho abría en Mariahilferstrasse una tahona donde siempre desayunaba Virchoff y que me daría cincuenta o sesenta chelines, como otras veces, por empeñar mi reloj. No estaba, me dijeron que acababa de salir para comprar dulces en Dagg.

Volví a San Esteban y les rogué que fuesen despacio, que yo acudiría al cementerio y encargaría una tumba y una placa de mármol para nuestro amigo.

Fui a Dagg, encontré a Virchoff y me dio cuarenta chelines ¡el muy ladrón, por mi saboneta de oro con sonería! Le cogí el paraguas y salí corriendo, encontré un coche de punto y le ordené ir al campo santo.

Cuando llegué, todo había terminado. Aun así, con un chelín logré que el sepulturero me llevase a la fosa y me hiciese un diagrama para encontrar la tumba y, con esa referencia, hacer el papeleo necesario para exhumar el cadáver, andado el tiempo, y que nuestro amigo tuviera las pompas fúnebres y el mausoleo que se merece. Compré tres años de nicho y en la marmolería encargué el epitafio para grabar en la lápida. Me acerqué a casa de Mozart para acompañar a Constanza.

Nunca he entendido el edicto imperial que prohíbe a las viudas asistir al funeral y al entierro. Nuestra pobre amiga estaba desolada pero no lloraba. Me dijo que había gastado todas las lágrimas intentando sujetar a Wolfi en la cama e intentando alejarle los fantasmas. Al parecer, desde que volvió de Praga ha estado enfermo y cada vez peor: hubo momentos en los que pensó que su marido se había vuelto loco.

Unas horas antes de morir había estado tranquilo, desapareció la fiebre y respiraba mejor. Pensó que la crisis había pasado. Se quedó dormida y oyó como Mozart tarareaba y decía: «Vicente: cambio mi Fa por tu Sol». Luego dijo: «¡No abras, no abras!», se incorporó y cayó con los ojos abiertos. Constanza le llamó y ya no contestó. Había muerto.

Al día siguiente volví con el dinero al cementerio y, al recoger la lápida que había encargado con toda urgencia, me pidieron el lugar en que ponerla. Eché mano al bolsillo de la casaca ¡y el papel tenía toda la tinta corrida! Apenas fue un momento, mientras discutía con el empleado del cementerio, lo que dejé el croquis del sepulturero encima de una cruz ¡y llovía! No supe dar con la fosa. En ese día de diciembre habían muerto cuarenta pobres en Viena.

He señalado cada una de las diez fosas comunes, por si sirve de algo, aunque Constanza solo quiere que Wolfi descanse. No quiere saber nada con la muerte. Solo quiere olvidar estos días y recordar a Amadeo como era cuando iba a la casa de sus padres por estar enamorado de su hermana y ésta se reía de él y de sus defectos, y ella acariciaba sus cabellos y su deformada oreja y pasaba su dedo por ella, y Amadeo se quedaba quieto agradeciendo la caricia.

Hemos recordado el tiempo en que Mozart acudía a mi casa, y cómo logramos que hiciese los arreglos de las *Oraciones de Haendel* y las terminase el pasado año, mientras yo traducía la letra de la *Creación y las estaciones*. No he podido quedarme mucho tiempo, los niños lloraban y tenía que agradecer a Salieri que dirigiera la música en el funeral de nuestro amigo.

No todo ha de ser triste. Te agradará saber que Beethoven me ha dedicado su primera sinfonía. Espero que haya más. Me gusta mucho este alemán. No me queda más remedio que darte la razón: creo que será un buen músico. Me han dicho que estás en San Carlos, en Nápoles donde te escribo. Vuelve lo antes que puedas.

Te espero.

V.S.

Querido maestro:

¡Qué maravilla, qué triunfo! Apenas ha terminado la representación he tomado recado de escribir y solo te mando unas líneas para comentarte el éxito de Amadeo.

Él mismo ha dirigido la orquesta. Está totalmente repuesto de su afección del pasado agosto.

Los aplausos eran enfebrecidos y Mozart ha tenido que salir en quince ocasiones a saludar al público. Hemos lamentado profundamente tu ausencia pero, para que te hagas una idea, parecía un acto más de *D. Giovanni.*

Amadeo no ha querido quedarse porque, al parecer, tiene un trabajo contigo pendiente de estrenar en Viena este septiembre. Me ha contado que estáis preparando una nueva ópera y que en ella hay varias arias y cantatas en las que mi tesitura entraría perfectamente. Me ha comentado que, como siempre, vais mal de tiempo, y que si estoy en Viena, podré estrenarla con vosotros. Ya sabes que siendo una cosa de Wolfi y tuya, el papel me da lo mismo.

¡Me ha dedicado un aria para bajo y cuerda! La ha titulado *"Io ti lascio, o cara addio"*. Es triste pero, como todo lo que hace, preciosa.

Espero verte pronto. Un abrazo.

Josefina Duskova.

Esta carta lleva fecha de seis de septiembre.

Hoy, veinticuatro de diciembre de 1791, al terminar de montar un precioso Nacimiento Napolitano en el Palacio Chigi, con Julia a mi lado, he mirado al pesebre llorando.

No habrá otra Navidad en Viena. Constanza no acariciará a Wolfgang, pero le quedará Carl. Recuerdo el cuento de Navidad que el abuelo contaba a mi madre: me ha quedado su herencia en la memoria. Julia no ha dicho nada, simplemente me ha cogido la mano y la ha puesto con la suya en la estrella de los Magos.

Siempre hay una princesa en mis Navidades, sean de realidad o de cuento. Hemos dado dos pasos, cruzando el río de Belén, y ha puesto ante mis ojos las letras que forman la estela MOZART.

La ha bajado del portal y la ha puesto en la cuna del sonriente Niño Jesús que, con la manita levantada, ha bendecido a Wolfgang Amadeus Mozart guardándole, en forma de música, un pedacito de cielo.

NOTTURNO
(IN SOL MAGGIORE CHIAVE)

"Impromtu"

Aprendiz de todo, maestro en nada. Así es como me siento. Mis manos se apoyan en las teclas de marfil blanco y negro y comienzan a tener su propia vida. Ojalá pudiera hacer lo mismo con otras partes de mi cuerpo. Siento una fuerte presión en el cuello. Dentro de poco comenzará el dolor de cabeza y entonces ya no seré otra cosa sino un muñeco roto. Tengo que hacer que no ocurra. No ahora. Debo dejar de sentir miedo. Debo calmarme.

Me aterra el depender de alguien y más aún preocuparle. Sé que no es nada y que tengo que aguantarlo, pero no puedo evitar el pánico al dolor y al sufrimiento. Tenía seis años. Estaba jugando en la calle con el aro. Un charco de agua, la luz del sol, un dolor intenso. Me sujeté la cabeza arrodillado en el suelo. La señora Concha me cogió y gritó el nombre de mi madre mientras me llevaba en sus brazos.

El olor. Recuerdo el olor a resina y alcanfor de la cama de mis padres y la grata sensación de perfección cuando desapareció el martilleo en las sienes. Veo a mi madre sentada, inclinada y con huellas de haber llorado. Mi padre pálido y mi abuelo sentado sonriente a mi lado, cogiéndome la mano.

Un hombre con peluca, delgado, con unos ojos inmensos, puso su mano en mi frente y desapareció la angustia. No pregunté nada. Supe que iba a decirme todo, como hacíamos los niños jugando a hombres, pero sabiendo. Noté paz y bondad y algo que entonces no supe entender qué era, pero ahora si lo sé; la perfección del querer a los demás: ser médico.

—Hola Vicente. ¿Estás asustado? No tienes porqué. Solo ha sido un dolor de cabeza. Nada más. Tus padres me han llamado porque tenían miedo por ti. Estaban preocupados. ¿Sabes? Todos los padres creen que su hijo es diferente al resto de los niños y no suelen equivocarse. Cada uno de nosotros somos distintos. Niños, adultos, viejos. Esto es lo bonito que tiene la gente. Tú, mi joven amigo, eres distinto a los demás y quiero que me contestes, como siempre haces, con la verdad. Disculpa, Vicente, mi nombre es Andrés.

—Yo sé quién es usted. Le he visto muchas veces hablando con mi yayo. Es Vd. el *metge* sabio que dice la gente. El de las fiebres.

—Y amigo de tu abuelo y de tus padres. Mis padres estuvieron en la promesa de bodas de tu abuelo José, hace muchos años, en nuestra tierra de Aragón. Algún día te llevaremos allí para que nades en el Matarraña y en el Tastavins y aprendas a recoger las olivas y untes el pan con azúcar y aceite.

—Mi madre me ha contado muchas historias que le contaba su madre de Monroyo y Fórnoles.

—Ahí nací yo, en Fórnoles, y ahora vivo donde vives tú.

—En Valencia —contesté esperando su aprobación.

—Así es. Ahora, sin que los mayores digan nada, cuéntame tú qué crees que ha pasado.

Le conté paso a paso, relajado y tranquilo. Entré a hablar en el mismo tono que Andrés Piquer me hablaba, interrumpiéndome alguna vez, haciendo de la mano que cogía el pulso marca de la música de nuestra conversación. Yo, solo yo, era el protagonista y me sentía importante y mayor.

Al terminar, quisieron que saliera de la alcoba para hablar fuera. El Dr. Piquer simplemente no se movió de mi lado y dijo lo que creía que me había pasado dirigiéndose a mí, hablando para mí y compartiendo nuestro dialogo con ellos.

—Tranquilo, Vicente. No es ningún corea ni mayor ni menor. Siento decírtelo porque ya sé que eres el diosecillo de esta casa. Aun así, no tienes lo que antes llamaban el mal de los dioses: la epilepsia. Tendrás otros males, pero ése, el que más miedo daba a tus padres y abuelo, ése no lo tienes. Tienes otro que te acompañará siempre y que aparecerá cuando menos lo esperes. Le llaman cefalea. Dicen que es menor con los años, pero no lo creas. Solo hay una cosa que puedo darte para que no te duela tanto, pero cada vez que te ocurra notarás algo peor que la muerte. Sentirás que no eres tú, que dependes de todo el mundo y que no tienes control ni del tiempo que pasa, ni de nada de lo que te atañe. Lo peor es que no lo creerá nadie. Te mandarán mil cosas que ponerte y oirás mil motivos y razones diferentes como causa de tus males. No lo creas. Es muy sencillo. Te pasa y es bastante. Hay un compañero médico en Viena que quizás, solo quizás, pueda ayudarte. Si pueden llevarte, ve.

Y fui. Mi padre me llevó y con él vinieron mi abuelo y mi madre. Paramos en casa de un amigo de mi abuelo. Toda la conversación giró alrededor de la ciudad más bella del mundo, Nápoles, y la melancolía de su pérdida para España. Mi tía Fontcalda acudió para besar a su padre y hermana y para quedar con ellos en preparar mis estudios.

Poco a poco fueron entrando los mayores, perdiéndose en sus añoranzas. Mi madre soltó mi mano para coger la de mi tía. Aprovechando que la puerta estaba abierta, caminé de puntillas hacia donde me llamaba la música. Abrí la puerta y una joven, casi una niña, interrumpió la melodía que me había guiado.

—Hola niño, ¿quién eres?

—Soy Vicente Martín.

—Ah, ¡el español! Soy Mariana Martínez.

—Tocas muy bien, me gusta como lo haces.

—Gracias. ¿Sabes hacer música?

Sin esperar mi respuesta, dejó un poco de asiento que batió con su palma señalando un sitio junto a ella. Volvió la partitura al comienzo de la clave de la sonata y me marcó el acompañamiento.

—¿Comenzamos?

Pasó el tiempo sin notarlo. No oía nada. Tan solo el cambio de sostenidos o tonales de las notas al mover con su pie los pedales del piano. Yo no llegaba, y ella lo hacía por los dos.

Al terminar me dijo:

—Vicente, me encanta tocar contigo a dos pies y cuatro manos. Un día tocaremos juntos.

—Sí —contesté—. Tú, mi música; y yo, la tuya.

Intento que no me duela, pero volver a mi infancia no ha sido buena idea. Es cierto. Años más tarde tocaría con Mariana su música en la casa en la que estuve de niño. Metastasio estaría con ella.

Mozart, Salieri, Dal Ponte, Beethoven, Hummel, se disputarían el placer de oírla.

Al día siguiente, mis padres y abuelo me acompañaron a la Universidad de Viena. Esperamos un rato mientras la luz iba ensanchando cada vez más su línea en el suelo. Justo cuando sus rayos llegaron a la puerta, ésta se abrió. Una voz pausada, en castellano, con un fuerte acento extranjero, dijo mi nombre. Levanté la vista, separándola de la luz.

No entendí que hubiéramos ido tan lejos para que me volviese a ver el mismo médico.

Esa fue mi primera impresión. No había diferencia entre Piquer y Van Swieten, salvo en el acento y la amplitud de su sala. No había otra cosa, y yo me sentía más cómodo en mi cama en Valencia.

El médico de la Emperatriz María Teresa, el consultor de Catalina de Rusia que supo imponer el saber profesional y la ciencia médica antes que las creencias religiosas en la católica Viena, a pesar de haber sufrido el perder la cátedra de Leyden por ser católico en la reformada Holanda, trasmitía la misma paz que me dio D. Andrés.

Invoco el frescor de sus manos para mi ardiente frente y la paz de su espíritu para calmar el miedo que llega. Quiero tener conmigo, ahora, al padre del que llegó a ser mi amigo y pagó el entierro de Wolfgang Amadeus Mozart. El doctor que me dijo lo mismo que me había dicho Piquer en mi tierra y que haría que me salvara del mesmerismo. El magnetismo no está en el metal, ni es lo que cura. Es el conocimiento de la enfermedad y el amor al paciente quien lo hace, y eso no lo logra quien quiere, sino quien nace para ello y se prepara toda la vida para seguir aprendiendo.

Algunas veces he tenido la oportunidad de ojear el juramento hipocrático y leer en él las advertencias sobre los charlatanes y el riesgo de muerte que conlleva hacerles caso. En el mejor de los casos, te llega la ruina acompañada del miedo. Llegas a depender de ellos y pierdes la libertad de juicio. Puede que lo que haga diferentes a los médicos del resto de los humanos no sea su ciencia, sino la capacidad de dejar que nos hagamos mayores y entendamos que somos libres para vivir como queramos.

No hay grandeza ni dignidad en la muerte. Solo su presencia hace que el tránsito sea con la etiqueta precisa, que el que se queda necesita, para seguir viviendo en esta sociedad nuestra.

Ninguna realidad aparte de la virtual del reconocimiento real. Las voluntades no cuestan doblones y menos si son Reales. Encuentro paz y sonrío. Éste sí es un buen camino. Noto que la molestia se para, que cesa el latido en las sienes y puedo concentrarme en algo.

Respiro hondo, bebo un poco de vino y enciendo un cigarro.

Sinfonía de los siete soles

Muevo la lengua y la boca, como me enseñó mi abuelo, y sale un círculo azul, pequeño. Antes de que se pierda en el aire, paso mi dedo haciéndole mi anillo. Sonrío y vuelvo a ser niño.

La habitación se transforma en un cálido cuarto bajo el sol valenciano. Estoy sentado en las piernas del yayo, que dirige mis manos con las suyas. Tocamos el clave. Mi madre acompaña la pieza con su canto y mi padre baila. En un momento dado cambian para terminar cantando a dúo mientras danzan. Una reverencia al finalizar la música, unos aplausos y, cogido de la mano de mi abuelo, me inclino y saludo a mis padres que hacen lo mismo.

Oigo esa música y la recreo. Ni sabía que existía, al menos no lo sé ahora, pero dejo que fluya e inunde la habitación sin que haga falta esfuerzo alguno. Sale de mis manos con la misma facilidad que lo hace la que he compuesto para ti cuando te recuerdo.

Tengo que levantarme cuando noto que la música va *in crescendo*. Los dedos golpean el teclado y repiten la nota una y otra vez. Tengo un intenso dolor que hace que gima y que me arrastre hasta la cama, que cierre convulsivamente las manos y que me arquee mientras, sin darme cuenta, grito para bajar poco a poco hasta un lamento sostenido.

—No te vayas —digo, mientras mi mano agarra la tuya y llevo tu frío a mi frente para calmar el intenso calor que siento.

Vuelvo a chillar y oigo, aguda y cercana, tu voz que me dice:

—Tranquilo.

Noto tus manos que aprietan mis sienes y el olor de agua de colonia en mi nariz.

Todos los ruidos, los olores, las palabras, las luces, se multiplican por mil. Cierro los ojos y no sirve de nada. Las luces entran igual que antes. Duelen. Los haces de luz se vuelven cuadrados y se hacen cada vez más pequeños y más negros hasta que desaparecen. Tiemblan. No se están quietos. Se mueven. Uno sigue al otro mientras se encadenan formando un damero.

Doy la vuelta en la cama y empujo el cabecero hasta sentir los barrotes dentro del cráneo. Tu voz me dice que me vuelva y lo hago con tu ayuda. Bebo un poco de agua tras una cucharada de líquido amargo. Has encontrado mi láudano.

La crisis sigue y noto tus manos en la espalda apoyándose fuerte en mi columna y haciendo un movimiento circular hacia afuera. La recorren entera y sigo oyendo mis gemidos.

No siento el roce de la ropa y oigo que te mueves a los pies de la cama. Tus manos empapadas en aceite ascienden hasta mis rodillas, se hunden en mis gemelos y grito por el intenso dolor que siento.

—¡Chistttttt, calla!

Así, una y otra vez. Sigo notando el masaje en los muslos y mi lamento ya es quejido. Hay un momento en que la nariz se destapa y puedo olerte en el aire. Desaparece el miedo que tengo a la impotencia que la jaqueca lleva consigo y cogido de tu mano duermo.

—Mamá.

—Chistttttt, calla. —Muy bajito, esta vez con un beso.

—¿Mamá?

Veo un cruce de olores de azahar, rosa, tomillo, violeta, y romero, cada uno con sus colores. No sé dónde me encuentro ni de quién son las manos que siento, no importa. Siento que me quieren. Quieren a Vicente, al niño que gime, al artista de antes y al inútil de ahora, al hombre que sufre. Duermo.

Llegará mañana y será otro día, creador, con su identidad propia. Día para olvidar consciente o para recordar siempre. Un día más para contar en mi vida, para descontar en mi tiempo. Duermo.

Abro los ojos y Julia está a mi lado. Sentada. Tiene aspecto cansado. Ve que la miro, sonríe y esa luz hace que sea un espejismo la primera imagen.

—¿Estás mejor? —Sus manos tocan mi frente y el espliego llega intenso. El tacto de sus manos hace que sepa de quién eran las que me curaban anoche.

—Me asustaste. Es la jaqueca más fuerte que te he visto. Te oí desde mi habitación.

—Gracias. Ayer supe que me voy quedando solo. La muerte de Mozart, los fantasmas de la carta. El leerla como si fuese una más entre ellas. Todos los muertos que me enseñaron a hacerlo. La duda. El piano. Las campanas de los Incurables, Il Gesu, la campana de la Catedral de Viena, la Pomerine golpeando con su badajo mi frente. Mi memoria. La condena a no olvidar nunca lo que me dicen.

—Amigo mío. No te estás quedando solo. Ahora luce el sol y has dormido emborrachado de opio. Ahora es el sueño quien te llama. Descansa. Luego saldremos a dar un paseo y, como siempre tras la jaqueca, te cogerás de mi brazo, comerás muy frugalmente y te pondré una manzana verde doncella en el bolsillo de tu casaca para que la huelas cuando paseemos hasta el Quirinal. Te he dejado agua de espliego en la mesa de noche. Sueña con cosas bellas. Es una orden. Si no puedes ser feliz cuando piensas, sélo, al menos, mientras reposas.

"Minuetto"

He despertado con el sonido de las campanas dando las doce. Noto los olores normales, y ellos me dicen que debo bañarme. Tiro del llamador y el valet entra. El baño está preparado. Me tiende una bata de lana.

Entro en la bañera y cierro los ojos mientras el agua caliente y la resina de limón me relajan. Julia ha secado mis lágrimas. Igual que otras veces, ha abierto con sus dedos mis ojos y ha soplado muy dulce en ellos.

Unas manos ciñen mis sienes y un «¡Chist!» suena con un beso en mi oído. Los besos cambian de lugar hasta llegar a mi cuello. El agua sube y no digo nada porque otra boca cubre la mía.

Unas manos, bajo el agua, siguen ascendiendo por el camino que anoche empezaron y que hoy reanudan con otro ritmo. El limón desaparece. Mi cuerpo solo huele al aroma a lavanda con el que se funde. El agua se mueve. Ondas, olas, remolinos, tormenta. Sale, se desparrama, olas, ondas...

El agua baja. Mi mano resbala desde su hombro, por el brazo, hasta que deja de retener la suya, que se esconde tras la seda de una bata que ciñe su cuerpo. La puerta excusada se abre y permite, mientras se cierra, ver cómo se aleja. Cinco minutos apenas y el carillón suena de nuevo marcando la una.

He seguido mi música hasta llegar al salón. Una orquesta de cámara y mi *Cosa rara* musicada por Mozart. Es la partitura de *D. Giovanni* la que los profesores tienen en el atril.

Sé que no estoy solo. Pienso en la Francia que me espera.

Las cortinas se abren y veo a Julia sentada a la mesa. Espera para que almuerce con ella. Solo tomo unas dos cucharadas de sopa de trufa blanca y apenas pruebo el *satimbocca*.

Un dedo de *marsala* en la copa es suficiente para acompañar al queso parmesano.

Un café, un cigarro y estoy preparado para escuchar. Comienzo a estar despejado.

Espero a mi dama, que come despacio, saboreándolo todo. El arroz al azafrán, el *vitello al rostro*, el *satimbocca* y, tras ellos, los dulces de almendra y los flanes y cremas quemadas que le encantan. Una bandeja con sorbetes y helados termina el almuerzo. Sigo esperando. Julia picotea los dulces entre la *creme brulle* y el helado que le han preparado.

Termina y se sirve café y una copa de oporto tras despedir al servicio. Espero a que hable. Lo hace entrando directamente en el tema que le preocupa. Pregunta por mi decisión. La miro y la da por descontada.

Me ha tendido una misiva doblada como hace años. Los mismos colores, el mismo ángulo en la cinta, los mismos cartuchos, igual el lacre.

Aprendí de mi abuelo el juego de contar las palabras como en sueños. Ahora la sopeso y miro a Julia que con sus ojos me dice: «Adelante».

Enciendo un quinqué y cojo un espejo. Pongo bajo el papel el humo del cigarro que enciendo a la luz. Soplo. Aparece el escrito con la fórmula de antaño.

"Querida prima: Me alegraré de que al recibo de la presente estés bien. Yo bien gracias Dios y a la Virgen de Dom".

La carta continúa hablando de pescadores, mallas y puertos; de piezas recogidas y de tormentas sin cuento. Traduzco y sin casi darme cuenta me siento. Tengo frío. Me levanto y sin soltar la misiva pongo leña en la chimenea y sigo leyendo. La termino y la tiendo a Julia mientras la miro. La guarda y contesta a mi pregunta muda.

—Ha llegado hoy mismo. La clave tanto del escrito como de la identificación es de hace casi setenta años. La tinta es nueva, no puede estar escrita por ningún agente de entonces. La he analizado buscando fallas que me hicieran archivarla sin hacerle caso, pero no he podido. No hay ningún dato que haga suponer que es falsa.

Tras la Revolución, ni en nuestros mayores delirios pensábamos que se pudiera llegar a lo que la carta cuenta que puede pasar en Francia.

En esta carta nos hablan de una nueva forma de masacre. No es ya el posible magnicidio lo que me aterra sino la delación, la venganza, el terror que las acompaña. Bajo la libertad, las ideas, se esconden otras cosas que tú bien sabes por qué ocurrieron en tu tierra.

No queremos que haya una guerra civil y que pase lo mismo que pasó en España. El enfrentamiento entre vosotros solo sirvió para acumular rencores que duran hasta ahora.

Julia terminó diciendo:

—Ayúdanos. Todos querríamos que volvieras.

—No sé si puedo, Julia. Ya no creo.

—Si quieres, puedes. Saber, sabes. No has olvidado nunca. Para ti, como para mí, siempre ha sido un juego compartido. Pon lo leído junto a tu corazón. Ya me dirás mañana.

Me ha acompañado hasta la entrada de un salón en la planta noble. Un calor irradia desde la blanca chimenea de mármol de Carrara. Un adamascado de sedas azules y violetas cubre las paredes. *La Anunciación de la Virgen de Giotto* sobre la cabecera de la cama. En una sombra alargada brillan el cristal y la plata. Licorera de Bohemia, candelabro de La Granja y plata labrada de Potosí.

Malvasía, luz y tabaco de Palma. Sé lo que es la sombra, y también lo que esconde y me espera. Paso la mano y siento la madera. Solo empujo hacia arriba de la esquina y huelo a metal y cuerda.

Me siento sin mirar dónde lo hago. Sé que un taburete aguarda, al igual que sé que izaré la tapa y tendré delante todas las notas para trasladar a un pentagrama.

Descubro las teclas mientras la puerta se cierra. Quedamos solos los cuatro. Tú, yo, mis recuerdos y Roma.

—¿Me acompañas en una fuga a cuatro manos?

Pregunto esperando una respuesta en vano. Tendré que buscarla esta noche mientras repaso.

Julia entra y tiende sobre el suelo un mapa de Europa. En el mismo están dibujados los viejos "buzones" de Fe y Tolerancia. Seguimos la ruta que ha seguido la carta hasta su llegada a Roma. Ha sido un periplo extraño. No hay duda alguna que, quien lo ha usado, conocía los lugares y sus alternativas. Veo la mano de mi abuelo en ellos. Pido la ruta de los "buzones de mar". La extiendo. Llega desde el Canal de la Mancha, atraviesa Francia y llega hasta la seguridad de Ancona.

La ruta se creó solo para la misión concreta de interrogar y arruinar a Cantillon con el apoyo del Gobierno de Francia. Se dejó de utilizar en 1736. En los registros del Servicio consta que el último cambio fue en Auch en 1737.

No es posible que siga existiendo la cadena cincuenta y cinco años más tarde, a pesar que todo indica que sí.

Podemos precisar la fecha de escritura en marzo de este año. Ya parte de lo anunciado es realidad. Está en nuestro poder nueve meses más tarde de su escritura.

Se han votado y aprobado los decretos de deportación por denuncia de ciudadanos a no juramentados.

Avisa tanto de la declaración de enemigos de la Revolución como de la ley de sospechosos.

La deportación es un hecho y, desgraciadamente, las Matanzas de Septiembre son ya pasadas realidades. Aún no es realidad el párrafo que avisa del levantamiento en armas de varios de los nuevos departamentos y cantones contra la República, Hebert sigue con sus pasquines torciendo noticias y levantando voluntades contra todo aquello que huela a pasado.

La lógica hace que veamos como próximas en el futuro las noticias que la nota adelanta. Tiene el ciento por cien de acierto en su futuro, ya para nosotros pasado. ¿Por qué no va a seguir haciéndose realidad lo que predice?

—Sí. Pero me estás hablando de una mujer increíble. Una diosa. Inexistente. Es imposible que fuera de ti haya otra.

—No es momento de halago, Vicente, pero se agradece la verdad que contiene, aunque pienses que no tengo abuela. Y sí que es posible. París arde de belleza. No solo hay sangre.

La ciudad está más viva de lo que ha estado nunca. Las mujeres han salido a ocupar su destino en pie de igualdad con los hombres. Ya no son, ni se les acusa, "las preciosas ridículas". Debaten, discuten y son oídas. Cuentan como sujetos. Las hay muy inteligentes, que saben combinar este nuevo parecer con el antiguo. Utilizan cuanto a mano tienen, y es mucho, para ser el foco de atención de los nuevos poderes. Y lo son, créeme. Incluso dicen que alguna tiene el poder real por persona interpuesta, naturalmente un

Sinfonía de los siete soles

hombre, que manda fuera de la alcoba que comparten. ¿Quieres ayudarnos Vicente?

—Había pensado hacerlo, solo por el desafío que supone y porque así creo quedar en paz con Fe y Tolerancia y con mi maestro en este arte. Ahora, si te soy sincero, lo haría solo por conocer a esa mujer que tú describes. Si en verdad existiera, hasta creería en la nueva igualdad, libertad y fraternidad universal que sin duda predica en su ambiente social. Creo que son demasiados atributos para una mujer. ¿Habéis pensado la posibilidad de que fueran dos? Una se ajustaría al perfil que señalas y la otra, igual de culta pero ligada a la Iglesia, conviviente y confidente cerca de la primera escribiría esa carta. Podría incluso ser una monja exclaustrada. Estoy seguro que muchas cumplirían el retrato que has dibujado de nuestra corresponsal. Lo que no veo claro es el papel que queréis que haga. Hace años que renuncié a Chigi y perdí la fe en la Iglesia y en lo que ella representa.

—Eres, sin duda alguna, el compositor más celebrado ahora. Gozas del éxito del público en Viena e Italia. Maestro de música de la Corte de Catalina de Rusia. Lepicq pone pasos de baile a tus *ballets* en San Petersburgo. La Ópera Francesa desearía contar contigo para dirigirla en estos momentos, pagándote lo que fuera. Tus hermanos masones te recibirían encantados y te permitirían que tocases fugas en los *clubes* que dirigen. ¿Te imaginas lo que supondría que sin decirlo de forma expresa, siendo quién eres y lo que significas, dieses con tu presencia público apoyo a los nuevos modos que hay en Francia? Siempre has sabido oír y traducir en pentagrama. No has olvidado, visto lo visto, nuestras claves. Puedes ayudar a reconducir muchos temas. No eres sospechoso de nada. Por si fuera poco, hace años que no pasas por Francia y es el camino más lógico para embarcarte a Londres, ¿no es cierto? Puedes, con una autorización expresa, hacerlo desde el puerto que quieras, e ir y volver cuantas veces lo desees, por compromisos con las artes y con las bellezas de la Comedia Francesa. Todos los "antiguos" entendemos la eterna vigencia del oro. Es algo que compartimos con los "nuevos", que o bien han aprendido pronto o lo han sabido de siempre. Si aceptas, tenemos preparados los derechos de tus obras pendientes de pago en Francia e Inglaterra. Es lógico que, incluso tú, quieras cobrarlos con lo que está pasando ahora. De hecho vas a cobrarlos uno a uno, igual que ha hecho Dal Ponte por enviarte esta nota de su puño y letra. Sí, hemos pensado esa posibilidad pero la hemos rechazado. La delación es la llave que abre las casas más seguras y es el carro que lleva a la guillotina. Una persona inteligente no confiaría nunca en nuevas amistades. Por ello ha remitido o ha esperado a que alguien de su absoluta confianza, posiblemente un familiar próximo, pusiera la carta para que llegara a Roma. Sé que si lo haces no será por ello, pero así tienes la cobertura completa y el papel, que no sabías, completado.

Terminó riendo mientras me daba la carta dirigida a mi persona y franqueada en Londres apenas hacía quince días.

Sinfonía de los siete soles

Londres, día tercero de la Virgen de Diciembre.

Querido amigo.

Me he enterado de la muerte de Amadeo y sé cómo te sientes. He llorado durante días y días. Me continúa pareciendo imposible. He hecho varios conciertos aprovechando el momento y tanto la Morichelli como la Banti se han volcado en sus arias. He podido volcar el dinero de la primera en mi bolsillo, pero la segunda quiere volcarse contigo antes de soltarlo.

Espero ser el futuro director del Teatro Haymarket de Londres. He formado una compañía de ópera italiana que goza del respeto del público, aunque de momento es más bien poco, tanto el número de artistas como el respeto. Las cosas cambiarán seguro cuando vengas. ¿Serás capaz de permanecer rezando en Roma mientras tu amigo te aguarda y te ofrece un teatro solo para tu música? Como sé que eres capaz de hacerlo, te pregunto: ¿Podrías dejar esperando a una mujer guapa y a un amigo que necesita dinero? ¿Verdad que no? Te aguardo.

Posdata: Por cierto, ¿te importaría enviarme poderes para cobrar, solo en parte, tus honorarios pendientes? Los guardaría hasta que vinieras y eso me permitiría hablar con los representantes musicales más importantes y poder anunciar tanto nuestra amistad como tu llegada. Te aseguro que tan solo gastaría de ese dinero lo que necesitase, reservándote el resto.

Ya que estamos, me encantaría que en ese poder certificaras que soy tu agente. De acuerdo, no lo soy, pero creo que es lo mínimo que merezco por todo lo que voy a hacer por ti en Inglaterra.

Te quiero.

Dal Ponte.

No he podido por menos que sonreír al leerle. Siempre será el mismo. Imposible que cambie. Metastasio me preguntó cómo era posible que Dal Ponte fuera mi amigo, y yo le contesté que me habían enseñado a querer a la gente como era y no como deseaba que fuera.

El viejo Cornegiano siempre lo ha tenido mucho más claro. Te uso, te quiero. Te dejas usar, te quiero más. Ventajas de creerse sol y tener la seguridad que todos giramos a su alrededor. Si es así, viva Newton; pero viva también Galileo, por si acaso no lo es. La Tierra es plana y la *Biblia*, el *Talmud*, los rabinos y el Papa tienen razón. Filosofía simple y efectiva. Igual que el rey sol, pero más. "Yo soy el mundo, los demás... Alrededores".

Lo malo es que cuando comencé en la música no había nadie así, luego él, y ahora casi todos piensan igual que piensa él. ¿Serán los tiempos nuevos que quedan por venir?

—¿Estás ya conmigo? —pregunta Julia—. ¿Útil? —insiste—. ¿Menos tonto que antes, si eso fuera posible? —bromea.

—Estoy. No sé. ¡Imposible! —contesto a sus tres preguntas.

Está preparada para salir. Me tiende mis guantes, mi sombrero y el sobretodo. La criada pone sobre su traje una preciosa capa azul de lana.

—Nos aguardan en el Quirinal. Llegamos casi tarde.

En la calle espera el coche. Miro el reloj. Faltan casi treinta minutos para la hora de la cita. Julia despide al coche y paseamos sintiendo cómo el aire apacible del invierno romano viene con nosotros, como un querido y añorado amigo. No conozco al nuevo prefecto de Fe y Tolerancia, no pensaba que volviera a llegar este día.

Inmutable, como si no hubiese pasado nada, con el tiempo detenido. La misma ropa, la misma ascesis, idénticos ritos y ceremonial. Mi abuelo lo describía por las noches como si fuera un cuento y yo tenía miedo mientras le oía. Prefería las historias de mi padre, llenas de colores y sonrisas. Mi madre y él hacían voces que imitaban todo. Igual árboles, que casas, que bosques. Me enseñaron que todo habla y dice palabras si sabes escucharlas.

Muy niño aún, mi abuelo me llevó con él a una casa enorme. Iba de luto y de uniforme. Lo recibió un hombre, como él, inmenso. Mi abuelo me presentó y una mano casi me hunde el cuerpo, no por fuerza, sino por el dolor que habló en contacto con mi cuerpo.

—Primo, hoy eres tú el más rico. Tu nombre perdurará, es posible, por siglos. Si no es así, al menos morirás sabiendo que queda aquí tu nieto. Y si se pierde, será de nombre, que no de sangre, pues la tuya la pasará tu hija a su descendencia.

Cada palabra era la nota de un réquiem. No cabía consuelo, ni lo pedía, ni lo esperaba siquiera.

Moría en cada palabra, sin un *Pie Jesu* siquiera y con él yo veía desmoronarse su casa y sentía que hacía tiempo que no le importaba nada en ella.

Solo hubo un momento en que paró el tiempo, cuando miró a mi abuelo y le cogió la mano y hablaron de Biota y de Siétamo y de un tal Pío. En sus ojos aparecieron paisajes que supe había soñado, desde hacía poco, muchas veces. Vi que habían cambiado los colores, lo que antes eran rojos, eran blancos de leche. Había solo dorados donde antes eran grises. Los hierbajos desaparecían bajo las flores. Fue cosa de ese instante. Luego desapareció todo el cuadro. Solo quedó el negro de la muerte.

Mi padre salió por medio y con él una tal Isabel de Farnesio y una carta que a mi padre le dieron para que llevase a Valencia, cuando ambos se conocieron.

—No es justo, José, que queden Abarcas y Funes y Villalpando y Boleas y que la Casa Aranda muera cuando yo lo haga.

—Así será, primo, si Dios no lo remedia.

Una mirada cruzada dirigida a otros ojos iguales. La misma voluntad. Igual fuerza y una ocasión perdida cuando esa luz no fue recogida, sino reflejada en el espejo que enfrentaban. La luz ni se descompuso. Blanca salió y blanca rebotó entera.

—Hace años, Soler.

—Hace años, Abarca.

Sinfonía de los siete soles

Hubo un abrazo, un beso y una pena que el mutuo orgullo ni recogió siquiera. Mi abuelo me colocó delante de él y me pidió que me despidiera. Lo hice mirando desde abajo a los dos, con la misma altura.

—Que Dios le guarde D. Pedro Pablo. Que haya paz en la Casa Aranda.

—Que así sea. Y así será, seguro, cuando esté en el Panteón de San Juan de la Peña.

Se tendieron la mano, tiesos como olmos de ribera. Vi cómo al cerrarse la puerta el chopo se quebraba. El árbol al que acompañaba perdió todas sus hojas hechas agua. Sus lágrimas me calaron al caerme encima, mientras un viento hecho lloro le agitaba hasta hacerle perder su compostura. Ni una mirada atrás. Solo cogerme la mano y caminar.

Quizás, ahora lo pienso, fue la primera vez que no acomodó conmigo sus pasos. Solo pudo ser que se sintió viejo. De cualquier forma, caminamos juntos, nieto y abuelo, y lo noté muy cerca, y dejé de tener miedo de él y de sus cuentos.

Al tiempo, estando él en la cama con la misma luz en los ojos que hoy tenía su primo el Conde Aranda, le pregunté por qué había llorado.

—Por orgullo y por hacer que no me viera.

Desde aquel día y todos, hasta que finalizaron los suyos, cada tarde al salir de la escuela de la Catedral mi abuelo me enseñaba las lenguas que él sabía y jugábamos a acertijos. Me escribía y yo lo hacía en una cosa que él inventaba para mí, en dibujos, espacios y letras que solo él y yo sabíamos traducir.

Más tarde, al llegar mis doce años e irme a Nápoles a educarme con mi tía Fontcalda, antes de pasar a Bolonia y a Roma con mis padrinos Gastón y Grazia, continuó escribiéndome así, cada semana.

—A los quince años me llegó su última carta y supe de ella por ti, Julia. ¿Recuerdas? Recibí una nota de Chigi en casa de mi madrina. En ella me decía que acudiera a recoger sus pertenencias como heredero de D. José Soler, Profesor, miembro de la Guardia Noble y de la Orden del Espíritu Santo, Decano de Fe y Tolerancia y Auditor y Ecónomo de la Santa Rota en la Archidiócesis de Valencia.

Mis padrinos enlutaron la casa y sus vestidos. Un carruaje vino a buscarnos y al pie de la escalera de honor, tú, Julia Augusta, y tú Julia, hermana mayor, me esperabais.

El Quirinal y el Cardenal Camarlengo, en nombre de Su Santidad, entregándome la espuela y la rosa de oro que D. José Soler, hijo predilectísimo, no había nunca aceptado en vida. Almuerzo de vuelta a tu casa y un paseo en la noche iluminada por mil candelas.

Acepté la herencia. De nuevo Julia me espera. Solos, cogidos de la mano, la mujer golpea las puertas con la llave y se abren diez puertas.

Al final, un cuarto con una mesa desnuda y un armario. Julia me entrega la llave con la que ha golpeado cada una de las diez puertas y ha abierto la undécima. En el armario hay ocho anaqueles y siete cajas. Un nombre en cada una de ellas.

Sinfonía de los siete soles

Bolonia, La Sapienzia, Roma, Morella, Avignon, Londres, Valencia. Julia introduce la mano en el que no está escrito nada. Saca un libro que pone encima de la mesa. Un nombre: Vicente Martín y Soler. Una dedicatoria y una firma.

Para su amado nieto.

José Soler.

La Princesa Albani me lo entrega al mismo tiempo que me tiende un papel con el anagrama del Dicasterio al que pertenecemos para que lo firme. Lo hago y dice:

—Vicente: tu herencia.

Abro el libro: un comienzo. Un lugar. Una fecha.

Valderrobres 1709. Septiembre. Sigo leyendo hasta que el cabo de la vela flota en un caliente charco de cera.

La mano de Julia acaricia mi cabeza.

—Puedes llevarlo a tu cuarto y leerlo allí hasta que quieras.

Lo hago y lo termino en dos días apenas. He entregado el libro a la Princesa. La he acompañado en el viaje de vuelta. Otra vez las diez puertas, pero hoy con la sensación de que protegen mi intimidad y parte de mi vida.

—Cabe en este estante tu libro, si quieres, Vicente.

Nota el sobresalto y lee en mi pensamiento el vértigo que siento. Acaricia mi pelo y huelo el mismo aroma que hay en mi habitación cuando despierto.

Apoya la mano en el octavo estante y un doble fondo se abre. Relaciones numeradas de fondos documentales. Una hoja de recibo. Firma criptográfica del entregante. Un sello sobre lacre conocido visto en un pésame en el margen inferior izquierdo, y un cilindro de plata pulida, como el que siempre llevo en mi equipaje.

—¿Quieres leer alguno? He asentido y señalado una fecha.

—Ve a tu habitación y vístete con la ropa que encontrarás encima de la cama.

Lo he hecho. Un criado entra en la habitación y me tiende un sombrero y una palmatoria. Julia espera en el quicio de la puerta. Camino hacia ella.

—Vicente, toma tu reloj y tu bastón de plata.

Vienes casi corriendo, sofocada.

—Vicente, tu capa.

Las dos Julias os miráis y, al ver tu sonrisa, sus ojos dejan de llorar y se limpia la mirada. Me tomas del brazo y la joven postulanta Julia hace lo mismo. Os miro a las dos y veo mi ayer, mi hoy y mi futuro.

—Estás muy guapo —me dices.

—Estás muy guapo, Vicente —me dice.

La guardia está formada. Un obispo armenio acompañado de un cardenal ha cruzado la puerta que lleva a la Secretaría de Estado.

El jefe de la guardia inicia una cortés reverencia que Julia interrumpe. Musita unas palabras y, como en los cuentos de las mil y una noches, no hace falta nada más. Una pareja de suizos nos acompaña al siguiente puesto, donde son sustituidos por los que estaban.

Pasamos un largo pasillo. Cuento. Nueve grandes puertas. Nueve puestos de guardia.

Siete son los Dicasterios de la Santa Iglesia de Roma. ¿Y las otras puertas? Sé que no me va a extrañar que sigamos solos caminando tras la novena, sé que habrá una décima y sé, juraría que lo sé, lo que hay tras ella.

Julia apoya en una taracea, sobre un cuarterón de madera, un dije con el escudo de armas de su familia. Espera. Se oye un chasquido y la puerta permanece cerrada. Empuja con su mano extendida sobre la joya la madera que cede. Empuja con firmeza la puerta. La boca de lobo de las dos hojas se abre y entramos.

Una pequeña habitación con suelo de mármol. Siete círculos en el suelo. En el centro, la tiara papal con las tres coronas del poder y una leyenda latina.

Pones tu mano de pantalla sobre mi oreja y musitas en mi oído: *«Lasziate ogni speranza»*. Veo cómo ríen tus ojos. Sé que no es la primera vez que entras en esta sala. Te miro y contesto quedo. *«Nell mezzo dei camino»*. La nueva Julia, el nuevo "misterio" vivo, entrenada y ¿preparada? para sucederte, al igual que tú sucediste a otra Julia, nos mira y nos golpea cariñosamente con el abanico.

—Dejaos del Dante y *La divina comedia*. El infierno no está embaldosado en mármol, creo.

Cede el camarín de la Capilla de San Lucas y tras él un escribano nos acompaña al despacho del Decano. No sé por qué pero espero que me guíe Virgilio.

Alphonse nos recibe.

—Princesa Albani, doña Julia, don Vicente.

Me sorprende el tratamiento que me da el padre de mi madrina pero interrumpo mis pasos y me inclino respondiendo a su cortesía.

—Acompáñeme D. Vicente —insiste.

"Rondo"

Miro a Julia, que me indica con la mano que siga al Decano del Archivo Secreto Vaticano.

Camino tres veces tres pasos hasta que llegamos a una pequeña rotonda. Los cristales de la vidriera juegan con el sol. Un rayo de luz blanca atraviesa la estancia e ilumina una mesa.

Encima, encuadernada, la documentación pedida.

—La he ampliado, D. Vicente, hasta la última documentación remitida de la Academia.

Leo: D. Carlo Broschi. "Farinelli". Alphonse cierra la puerta tras indicarme el tirador de llamada.

En el primer legajo el lacre ya conocido. Ojeo el contenido y encuentro lo que busco. No puedo resistir la curiosidad, como me pasa siempre, de leerlo todo. Me impongo hacerlo desde el comienzo. Sé que no tendré problema alguno. No disfrutaré con la lectura. Ya me lo advirtió mi preceptor: «Leerás así veinte veces más rápido y con la nemotecnia crearás tu propia regla para no olvidar lo leído. Sintetizarás información. Recrearás la información contenida pero, a cambio, siempre hay que pagar por todo, no volverás a gozar de los pasajes de esos libros».

Estoy tan ensimismado que no me he dado cuenta de que el sol ha desaparecido y que alguien ha entrado para encender un quinqué.

Miro mi reloj, el de José, que ahora es mío. Abro la tapa y están a punto de ser las siete. Voy a cerrarlo y suenan los compases de una melodía que conozco desde niño.

Alphonse entra y me tiende la capa.

Salimos y bajamos unas escaleras de caracol, atravesamos un jardín y al fondo del mismo una blanca figura pasea. No nos ve. Paseamos por la vieja Roma hasta casa. Cuento los platos en la mesa para la cena. Son solo tres. Grazia me sonríe mientras llena el plato de sopa y Alphonse hace la señal de la cruz con la mano primero y con el cuchillo luego antes de partir el pan.

—¿Preferirías que tan solo hubiera dos?

—No, madrina, quizás dentro de un tiempo. Hoy me gustaría que hubiera cuatro.

La miro a los ojos y veo como el rubor cubre su bella cara. Su marido la mira y luego, con una sonrisa que hace que sus ojos rejuvenezcan, dice:

—Tiene razón la Princesa. Al verte creo que no ha pasado el tiempo.

Hoy hemos vuelto a hacer el mismo recorrido que en 1770. Solo una Julia me acompañaba. No había niño que jugara con su enseñanda. Se ha quedado en el palacio esperando el cuento que le he prometido.

Igual que la vez anterior, me has dejado en el despacho del responsable del Archivo, tras cruzar la rotonda, pulsar la taracea dos veces con el camafeo y con la palma apoyada para introducirlo. Los mismos gestos, las mismas manos. Casi juraría que el mismo archivero.

Sinfonía de los siete soles

Idéntica luz y tan solo el Decano veinte años más viejo. Otro título en la documentación encuadernada.

Londres. Roberto Cantillon.

Esta vez han entrado con el Decano dos sacerdotes. He sonreído. Me han mirado mudos, esperando.

—Hoy no quiero que me guíe Virgilio —he dicho. Se han ido.

Han vuelto a sonar las notas de la *Zarabanda* de Haendel al ser las siete. El anciano Alphonse ha entrado y me ha tendido el sobretodo. Los mismos sacerdotes han recogido los legajos. No nos hemos movido hasta el *Pace Iesus* de despedida del mayor de ellos. Por el libro de mi abuelo sé quiénes son ellos y la importancia de la documentación revisada.

Le he ayudado a bajar la escalera y esta vez no estaba la blanca figura en el jardín. He parado un coche de caballos al pie de la escalinata de San Pedro.

Solo pasar el arco y he visto desde la ventanilla todo igual. Ha sido divertido decir para mí lo que venía más tarde. Descorchón de pintura en la pared. Igual. Niños jugando en el patio. Igual. Rezos en las iglesias. Igual. Los mismos gritos llamando a los niños a cenar. Igual. Solo un nuevo olor a viejo lo impregna todo. Eso ni es señal de eterno, ni es igual.

Mi madrina está como loca de contenta, no puede esperar a dar la noticia:

—¡Nuestro hijo viene a Roma!

La abrazo, feliz. Alfonso lleva casi veinte años fuera de casa, en la Legación de Viena, y en el Patriarcado de Venecia, ya como Obispo y Subprefecto, viene a la Santa Rota Universal y Romana.

Veo la cinta, su Corte y su ángulo que aún protegen el lacre roto. Miro al dueño de la casa.

—Sí hijo: de vez en cuando te dan una alegría. Dos don en esta casa el mismo día.

Señalo la tela, el lazo y sus colores:

—Creí que ya estaba en desuso.

—Y así es. Nadie la usa. Todos la han olvidado. Solo se usa para comunicarnos en el seno de la familia y de los amigos íntimos. Cada día quedamos menos. Su creador, tu abuelo, solo la pasó a ti. Tu abuela no pudo pasarla, una vez muertas sus hijas, de muerte tan temprana, a tu madre. Tu tía Fontcalda, por matrimonio, no contaba. No quiso que tu tía volviera a Valencia y José casi muere al fallecer ella. Tu padre solo ha querido, por tu bien, que conocieras la clave. Él se negó a usarla en todo momento.

Noto que mi voz se carga de ansiedad cuando le pregunto:

—¿Conoces a alguien vivo que la utilice, lo haya hecho o haya podido pasar esta clave a sus hijos, parientes o deudos?

—Claro. De vez en cuando recibo notas de Nicolás Martínez desde Viena y una hace cuatro años de La Tremouille desde Londres. De Épila hace más de veinte años que no recibo ninguna. De tu familia, contando ésa, solo tres: la segunda hace siete años desde París y otra hace apenas dos.

—¿Las guardas?

—Claro. ¿A qué tanto interés por una cosa tan vieja? ¿O no es tanto como pienso?

Nota mi duda y, antes de que diga nada, mis padrinos hacen un gesto sobre la mesa y un dibujo, enmarcado como en un cartucho. Lo veo. Lo rompen.

—Fe y Tolerancia —dicen.

No es solo el Testigo de Guardia del Archivero, con ser ya mucho. Sus signos me lo dicen. Es el Guardián de Claves. La mujer que habla no es solo mi madrina, sino la Maestra de la Voz y el Oído. Hasta hoy no lo he sabido y así hubiera seguido de no ser por la comunicación entre padres e hijo.

Son casi cuatro las horas que compartimos de secretos. Sacan un mapa. Dibujo lo que sé. Desconozco a mi padrino. Se ha cerrado y oigo funcionar su cerebro como un reloj de precisión.

—Tranquilo Vicente, se ha puesto el gorro suizo —dice mi madrina mientras sus manos acarician a ambos. Se dirige a su padre que sonríe y le ayuda a levantarse.

El Decano de los Archivos sale de la habitación y vuelve con un compás, regla y un cartabón. Hace círculos en el mapa. Donde los círculos se cortan pone la regla y de acuerdo con el radio saca la media. Desde allí traza una línea que alarga hasta que con otra se encuentra. Todas convergen. Me mira y pone su mano en mi hombro.

—Hay que hacerlo, niño. No puedes negarte. Ya sabemos quién está delante, junto a ti y te protege.

La figura del viejo Aranda vuelve a mí. Ha pasado mucho tiempo pero él no olvida nada de lo aprendido y confía en el recuerdo.

Alphonse toma a Grazia de la mano y la mira a los ojos mientras habla y su marido, mi padrino, calla.

Su voz tiene un dulce tono de recitativo. No me costaría nada convertir ahora mismo este cuarto en un acto para mi próxima ópera.

No sé, pero espero que del recitativo salga un aria y tras ella un dueto.

No me engaño.

Las palabras se ensamblan perfectamente; primero de tarde en tarde, luego compartidas, cada vez en mayor parte, las palabras de la madrina intervienen dando mayor belleza y comprensión al tema.

Pido silencio a los que hablan. Ruego que termine el ensayo y que comience el drama.

Alphonse comienza y, en la escena, atraída por su recuerdo, llega una luz intensa que se magnifica en la mirada de mi madrina.

Recreo todo en mi mente y mientras veo el decorado que me cuentan, pongo música, pasos de *ballet* y letra.

Es mi abuelo en el que entra. Un magnifico salón, una puerta de entrada muy bien custodiada lleva a una habitación cerrada. Tras ella, voces de mujeres y ruido de cristal, metal y carreras.

Ante la puerta, Alphonse y José Soler vestidos de criados. Con ellos, un joven con uniforme de la guardia irlandesa. Un "ganso salvaje".

Se abre la puerta y sale la comadrona acompañada de una niñera. Mi abuela y Graziella. Dan el parte a una princesa.

—Todo ha ido muy bien.

Julia Albani sonríe y hace un aparte con el joven guardia. Le da una nota. «Para el Cardenal Alberoni», musita, pero no tan quedo que el abuelo no lo oiga.

José Soler sonríe y llama al joven irlandés.

—Sr. Ricardo Wall, presente mis respetos al viejo Cardenal.

Cambia la escena y llega el segundo acto. La Voz y Oído del Archivo tiende su recuerdo como si fuera *atrezzo*, telón, orquesta y coro al mismo tiempo.

Ha pasado el tiempo. El joven guardia es oficial del ejército español. Ya no es con un criado con quien habla, sino con un Noble de la Guardia Pontificia. Junto a él, alguien por el que José Soler se levanta y abraza. Se separan. La misma mirada de la vieja raza. Pasa un momento tras el saludo. Caen los brazos, luego una tímida sonrisa esbozada por ambos. Una inclinación, la entrega de una carta y la presentación de sus mutuos respetos.

—Su padre me dice que va a pasar un tiempo en Roma. Quiere su señoría estudiar en la Sapienza y ya trae vuecencia muy buenos informes del Colegio Clementino de Bolonia. El Sr. Conde de Aranda me indica la conveniencia, en esta carta, de que su amado hijo se deje guiar por quien le habla en sus primeros pasos en esta ciudad de Roma.

—Será un honor para mí el que vuesa merced lo haga. El Sr. Conde, mi padre y sus primos Palafox y Pignatelli me han indicado que no habrá, para mi enseñanza y tutela, mejor ayo que un Soler en el Reino de Roma, aunque deba extrañar sus ausencias y no preguntar por sus viajes, de no ser que sean a Barcelona o Valencia. Solo en este caso, y si a su señoría le pluguiera, ruego me lo diga para pedir albricias, si las necesitara, a mi familia.

—No dude, Excelencia, que así lo haré. En cuanto a las albricias, todo joven en Roma tiene más necesidades que recursos. No duden sus señorías, caros D. Pedro Pablo y D. Roberto Wall, viejo conocido y acompañante, de disponer tanto de mi bolsa como de mis parabienes por usarla. No sean comedidos. Ya llegarán tiempos de abstinencia. Ahora cuéntenme todo aquello que crean debo saber y que les trae, aparte de los estudios, a este bello y desangrado país.

Como en una pequeña *Iliada* me entero de las andanzas de Aranda y Wall en Italia, de la llegada de Felipe de Borbón al Ducado de Parma, y la ascensión de D. Carlos al Reino de Nápoles.

No puedo evitar que, acompañando este soliloquio del que fue amigo de mis abuelos, mi mente comience a enhebrar lo que me dice con recuerdos, sin apenas contenido, de mis años de niño en Valencia.

Sigo escuchando porque algo me falta para engarzar estas historias con mis años vividos tanto en Nápoles como en Viena.

Mis abuelos acuden a Nápoles para entregar las arras de boda de mi tía Fontcalda. Se casa y la nueva pareja fijará su residencia en la campiña napolitana. Hay una fiesta en el Palacio Chigi. Julia recibe tanto a los novios, no en vano mi futuro tío es un Orsini de Gravina, como a sus deudos y acompañantes.

Una caída de telón y la voz de *mezzo* de mi madrina continúa la historia.

Ha muerto Felipe V de España y D. Fernando VI es el nuevo Rey. Ricardo Wall se despide de Italia. Un nuevo destino le lleva a servir a España en la Corte de San James mientras Pedro Pablo Abarca de Bolea, Coronel de Artilleros, tiene palabra de boda y va a encaminar sus pasos a la Corte de Prusia.

Ahora ya sé de dónde provienen el secreto del juego, cintas de colores, con nudos como cuentas de ábaco, tinta invisible, lupas y lentes.

Lo que maneja el servicio del Papa-Rey no es sino el viejo juego inventado por dos jóvenes para burlar distancias entre salón y cocina, biblioteca y jergones. ¿Hoy alguien también en Francia juega, sabe, informa y dice: «¿Agente o Trampa?»». No lo sabemos. Solo que hoy y ahora jugando así informa y se defiende.

El juego arranca desde siempre. Viejo juego de niños de una casa de Siétamo, en la librería de D. Pío. Fórmula encontrada en la obra santa de la abadesa que regía la Clausura de Casbas. Siempre, y en todo lo importante, una gran mujer detrás, con los Azar, los Lastanosa y Bardaji, para jugar a la burla de quien ayuda o no a Gracián.

Señal. Grazia quema el mapa. Me da un beso. Alphonse la bendición y su despedida. Mi padrino, con la cabeza en sus relojes, marca sonidos de carillones.

Paseo hasta Chigi. Hace casi frío, o al menos eso siento. Me arrebujo en mi sobretodo y camino más deprisa. Noto pinchazos en las sienes y las pocas luces se multiplican tras mis globos oculares. Acelero el paso. Llamo a la puerta.

He despertado con olor a espliego. La cabeza pesada y una lejana sensación de miedo como la que tenía de niño y solo mi madre calmaba. Me despertaba entonces con el olor del azahar y las naranjas. Con una mano fresca cogiendo la mía. Igual que lo he hecho ahora.

La mano no es de mi madre sino de esa niña que eras entonces y que has seguido siendo ahora.

Recuerdo. El ayer es hoy de nuevo.

Le he contado a Julia mi miedo, mi único miedo. El dolor de cabeza y qué es lo que noto. Le he hablado como lo habría hecho a mi madre.

En voz queda he dicho todo lo que me pasa y me digo estando solo.

La sensación de rabia por no poder escuchar mentiras de ayer que el paso del tiempo ha convertido en verdades. Tener todo en presente llenando la cabeza. No poder decir que es mentira lo que escuchas, ni olvidar lo dicho.

Oírte decir que eres un rencoroso sin pedirte perdón porque el origen está olvidado o fuera de sentido.

Ser una persona solo para el dolor y el respeto. Responsable. Nada de compartir alborozos. Solo puedes ser dueño de tus silencios.

Tan solo se cuenta contigo para repartir lo que es tuyo y encima con derechos.

No saber decir no, porque ves en presente todo lo pasado y siempre te queda ese amor que las personas juzgan con su derecho y tú con tu devoción.

Estás condenado a morir sintiendo todos los días como, en un momento u otro, algún duende maligno martillea tus ojos con su pico, la nuca, la frente o lo que quiera. Te pone en alerta. Pregona, cuando lo hace, no el dolor, sino el pánico que te va a hacer sentir como le dé por seguir golpeando. Hace que recurras para defenderte a imágenes y conversaciones sobre lugares comunes que poco o nada tienen que ver con lo que hablabas. Notas que tu interlocutor cambia de actitud y sabes que le han hablado de ti, de tus rarezas y de tus cambios de humor y, sobre todo, de tu actitud fría y distante, lejana e intraducible. Ves que están conformes con aquellos que le han dicho que no intente entenderte ni ayer, ni mañana. No te importará que no lo hagan. El dolor de cabeza: el presente absoluto.

Láudano, frío, silencio y dejar de sentir la cabeza. No pensar. No ver nada. Ni reflejos, ni colores. Solo sentir la cabeza vacía de imágenes. No oír ni palabras agudas ni sonidos leves ni siquiera música que martillee la frente. Solo ansías no sentir nada. Morir. Descansar.

Solo el placer de despertar sintiendo que la vida te consuela. Solo esos ratos en los que lo notas todo. El placer de palpar tus sentidos y disfrutar ese momento mientras dure entre los impases de dolores presentes. Solo tú sabes disociarlo del reloj que marca tu tiempo. Eres viejo cuando te duele y niño cuando deja de hacerlo.

"Giga"

Me ha citado Julia: teme a ir a Francia. Me encomienda a la nueva *Principessa*. Piensa que el nuevo "espíritu" está en situación de aprender bajo mi tutela.

—Es muy joven —le digo.

—Otro, muy joven, aprendió aprisa en Florencia.

—Eran otros tiempos y, aun así, se equivocaron tanto los que le ordenaban como él obedeciendo.

—Y el espíritu y yo le cubrimos. Ahora espero que lo hagas tú por mí. Por nosotros.

Amigo mío, tengo cuarenta y ocho años y noto en cada carta, y cada vez que un sillón se vacía, cómo se va el poco tiempo que aún nos queda. Tenía ocho años cuando el espíritu, la maestra y la enseñanda, tres Julias, coincidimos en Chigi, próxima a morir la primera.

Tenía miedo. Se abrió la puerta y un hombre entró en la habitación. Calló el miedo cuando me miró a los ojos y tocó mi barbilla, elevando mi cuerpo y mi cara a la altura de la suya, igual que paró el tiempo cuando la llevó a ella en brazos hasta la luz de la ventana. Sentí pasar un ángel en su beso y noté todo lo que de bueno y eterno tiene el hombre si deja que hable todo lo que normalmente calla. Recuerdo Chigi, cogida de su mano, paseado con quien lo sujetaba.

Hoy vuelvo a tener miedo, Vicente, y sé que es para siempre. Chigi se agrieta. Solo queda la esperanza vana que aquellos tiempos vuelvan. Es imposible.

La Revolución ha sido más que un cambio de régimen y es necio quien no lo vea. Las ideas que defiende han triunfado y las ideas no tienen punto de retorno.

Déjame, te ruego, mirar por la ventana, oír tu música y saber que no falta nada para un nuevo incendio de Roma. Una cosa sé muy cierta y es que volverá a surgir nueva y eterna.

—Mucho mejor sin duda.

—Sin duda, amigo mío, si no tenemos que reprocharnos nada. He preparado una reunión con Contaduría y me he permitido hacer los pasaportes para vuestro viaje a Francia.

Julia, con la primavera de sus pocos años, me acompañará a Londres y seguiremos la misma ruta que marcó José Soler y la misma Julia Albani de siempre. No pasa el tiempo. Roma eterna siempre. Julia Albani no viene; se queda.

Haremos de Londres despacho y del Canal de la Mancha pasillo de casa. Burdeos será salón y París el dormitorio o, en el peor de los casos, otra habitación. El faetón será un barco y el caballo la vela. Mi aprendiza será quien haga lo que yo no pueda y sobre todo será quien venza mi miedo cuando, como un ladrón, venga sin avisar.

He intentado escribir una carta y no he sabido a quién hacerlo. No me queda nadie a quien pueda deslumbrar con todo lo que me está pasando en este viaje.

Todos los paisajes vistos en blanco y negro en el libro de mi abuelo se han llenado de colores y de vida. He visto, en Avignon y Carpentras, ruinas donde había palacios, y palacios terminados y guardados por los ciudadanos como oro en paño. Sigue el acueducto. Han desaparecido las murallas y conservadas las puertas. Creo que la libertad hace más bonito el paisaje.

Lo hablo con Julia que me mira asombrada y un poco temerosa de mis comentarios tan apartados del común de Roma.

En Toulouse las miradas han ido, cargadas de menos miedo, al mismo comentario, o quizás ha sido un ligero sombrero el que me ha tapado sus ojos. En París no había ya nada de miedo, y de su misma boca salían idénticos comentarios. ¿Será que ha abandonado su vestuario romano por esa nueva moda griega traída por Madame Tallien?

Tras esa visita obligada a una modista, bien a pesar suyo por el dinero que cuesta, ha terminado convencida que era necesaria, a fin de no parecer extraña en esta sociedad tan "rara".

Le he preguntado que si esa moda tan nueva no la hiciese aún más preciosa estaría dispuesta al sacrificio de llevar ese traje ligero, casi transparente, de seda, con esa cintilla que reafirma sus pechos dejando al descubierto sus hombros y que permite, cuando gira o simplemente la acaricia el viento, dibujar todas sus formas con los ojos y retener su belleza para siempre, y me ha contestado invocando a la libertad de las ciudadanas, a los nuevos tiempos, a la necesidad... Más o menos lo mismo que yo decía al pisar tierra francesa.

La he mirado con el mismo asombro, aunque debo confesar que no por los mismos motivos, con el que me miraba a mí. Al menos ella no fijaba su mirada en los mismos sitios donde la mía asombrada se ha quedado al verla así vestida o desnuda o lo que fuera que ese vestido la hiciera.

Hemos salido de paseo y por vez primera, como todas las parejas, se ha colgado de mi brazo y ha saludado a quien la saludaba. Ha reído como nunca, desde niña, la había visto hacerlo, y hemos parado en todos los cafés, sombrererías y todo tipo de tiendas desde la Isla de San Luis hasta la Comedia Francesa.

El director nos ha invitado al palco. Maravillosa la representación, el *ballet* y las bellezas. Ruegos de la primera bailarina avalados por la insistencia del único fraile bien visto en esta sociedad de arte.

¿Quién en su sano juicio se resiste a una mezcla de arte en vivo y de Dom Perignon burbujeante? Yo no y, tras alguna confesión que otra en al menos tres copas, Julia tampoco. De hecho tuve que parar su firma a los pies de un contrato para representar, eso sí, muy patrióticamente, a *madame* Liberté en el último cuadro de la representación diaria de la *Comedie*.

Plazo a plazo y ciudad a ciudad he podido comprobar que en toda la nación mi música sigue viva y que aún con la Revolución, o quizás más por ella, los artistas gozamos de un predicamento increíble. La sociedad actual ha cambiado los muy discutibles derechos de sangre por los demostrables derechos del talento.

He tenido que aceptar una pequeña modificación a este discurso aceptando la enmienda de Julia basada en el uso, no muy sugerente, del respeto al derecho de gentes, de la guillotina y de los tribunales populares.

Hemos dejado París para continuar a Burdeos, penúltimo punto de nuestro periplo.

No hemos podido establecer ningún contacto. Las notas enviadas a los buzones desde Italia antes de comenzar nuestro viaje permanecían en ellos. Las hemos destruido para mayor seguridad.

Desde Burdeos intentaremos el último esfuerzo y, con la excusa de tratamiento de aguas medicinales, bajaremos hasta la frontera con España por el Bidasoa.

He logrado del Prefecto de Seguridad para Aquitania pasaporte para transitar sin problemas por la Navarra francesa y el Bearn. No hemos encontrado nada, ningún buzón, ningún contacto. Todo lo anunciado en el correo se ha cumplido. No hemos podido hacer nada, y cinco meses después del regicidio del veintiuno de enero de este año de terror en Francia, salimos para Burdeos.

Cuentan que aquí, poco a poco, van cesando las persecuciones y que la guillotina pierde su filo. Compruebo la veracidad de esas noticias y el estado de ánimo de las autoridades republicanas. Ellas y el pueblo están más que hartos de venganzas, delaciones y sangre.

Puedo, al menos, dejar a Julia tranquila cuando viajo a Londres para ver cómo continúan representándose, con relativo éxito, mis dos últimas obras. Julia me despide en el estuario. Dos damas le acompañan.

Apenas soltamos amarras, las tres suben a un coche que les espera. El Procurador de la Republica en Burdeos es el cuarto ocupante. Quedo tranquilo. Su amiga es la señora Tallien. Según todos me dicen es encantadora y de nobles intenciones y actos. La otra dama es una inglesa impredecible, querida de un Lord inglés, el Embajador Hamilton, conocido de tiempo, y amiga de la Reina de Nápoles, en sus actos y pasiones.

Me encanta ver cómo Julia vive y ríe.

No todo ha de ser buenas noticias, al menos para algunos. Los ejércitos austriacos y holandeses, que apoyan la causa regalista, han sido batidos por el General Jourdan en la Batalla de Fleurus. La amenaza al Gobierno Republicano, por esta parte, está finalizada.

Todos confiábamos en que el reinado del terror y las ejecuciones masivas por parte del Comité de Salud Pública, que es el que realmente gobierna Francia en lugar de la Convención, finalizarán. No ha sido así.

Dicen, posiblemente exageren, que en los últimos meses han sido más de mil las sentencias a muertes y que desde que Robespierre ha abandonado "por motivos de salud" la Convención y el Comité de Salud Pública este mismo mes de junio no ha parado de incrementarse la comida a *madame guillotine*.

Julia me escribe desde París, donde según me cuenta ha ido acompañando a su amiga Madame Tallien, ya que su marido tenía que dar cuentas a Robespierre por su "falta de interés y tardanza en ejecutar las ordenes de depuración y sospecha de defensa de los enemigos de la patria". Me preocupa. No le había dado ninguna indicación para que abandonase Burdeos. Leo su carta en el malecón, a punto de embarcar en Londres para una visita a Rusia con el fin de controlar mis intereses y las repercusiones que entre los regalistas ha tenido esta derrota.

Era previsible que Dal Ponte hubiera hecho de las suyas con mi dinero, claro. Nunca segundas partes fueron buenas y ésta, con Dal Ponte, ha terminado en riña y ruina.

Tengo que reclamar que bajen mi equipaje de una goleta danesa. A punto de embarcarme, un empleado del teatro me ha entregado otra carta de Julia en la que quiere que acuda urgentemente a París. Teresa Tallien y la amiga de esta, Josefina Tacher, viuda del General Beuharnais, han sido detenidas por el Comité de Salud Pública, acusadas de traición y llevadas a la cárcel.

Se queja, ¡cómo no!, del abandono del amante y de la nula posibilidad que tiene su amiga de librarse de la guillotina, mientras ¡cómo no! de la falta de valor de Tallien y su negativa a recibirla cuando le ha llevado hasta su casa la carta de Teresa en la que, ¡cómo no!, como mujer me adelanta que no pide nada a su amante sino que le dice que se avergüenza de haber sido la compañera de un cobarde.

Me cuenta su dolor y la angustia con la que vive la más que probable condena a muerte en la guillotina de sus nuevas heroínas. Y termina la nota con la queja a Robespierre, no ya por dictador y por dárselas de "incorruptible" sino por misógino e intentar cerrar todos los salones donde las mujeres, bien por ellas mismas o por sus amantes, dictan las primicias de nuevos valores, sensaciones, modas y públicas razones.

Los viajes a Francia desde Inglaterra son difíciles. Hay un rebrote de exaltación del espíritu republicano y un auge en toda la costa de espías y contraespías. Los marinos de uno y otro lado del Canal están haciéndose ricos, no ya con el contrabando, sino con los viajes de personas que quieren cruzarlo por una u otra razón.

No es mi caso. Soy un músico muy considerado y que además viaja con todos los beneplácitos y recomendaciones del Gobierno Ruso. En Dover acuerdo con un capitán inglés la transferencia temporal de su barco y carga a una empresa de comercio rusa radicada en San Petersburgo.

En Calais el flete es bajado en su totalidad y vendido allí mismo en el muelle tras, como es lógico, el pago de la totalidad de las aduanas portuarias. Al ir a tomar la posta, el capitán del puerto me dice que no es posible, ya que París anda totalmente revuelto; Robespierre no aparece por la Convención desde el pasado diez y ocho de junio y por el Comité de Salud Pública desde el veintiséis del mismo mes. No obstante se espera, reforzado por todos sus incondicionales, un próximo debate en el que barrerá a todos sus rivales y denunciará a todos los corruptos y neorrealistas.

Llego a París en un caluroso veinticinco de julio, día siete de Termidor según el revolucionario calendario francés.

Hay una calma chicha; nadie en la calle y un silencio que agrieta paredes. Tengo que cargar con el equipaje. Nadie me recibe.

Solo hay vida, ¿y quizás avisos de muertes?, en el Palacio de la Convención. El día anterior, en este lugar, Robespierre había acusado de traidores a Fouché, Barras y Tallien.

Logro comunicar con Julia y casi a la fuerza la traigo al hotel donde resido. Pasamos entre mensajes de la Convención e intentos de sobornos a los vigilantes de la Concerjería.

El veintisiete amanece pesado y sombrío a pesar del calor. Las discusiones en el seno de la Convención son tumultuosas, El Presidente niega el uso de la palabra a Robespierre y se la da a Tallien. Un oscuro miembro de la Asamblea alrededor de la una del mediodía ha sugerido la detención de Robespierre.

A las cuatro de la tarde, los guardas conducen a la máxima autoridad moral de Francia al Comité de Seguridad General. El Alcalde de París busca entre los parisinos un apoyo para Saint-Just y a Maximiliano. A las ocho de la tarde la asamblea declara a Robespierre, a Saint-Just y a varios de los máximos partidarios de Maximiliano, entre ellos su hermano, "fuera de la ley", lo que permite su ejecución sin juicio previo.

Una serie de llamadas al Ejército mantiene en vilo a los grupos de miembros de la Convención enfrentados. El Ejército no toma partido y vuelve a sus cuarteles.

Juan Antonio Abascal Ruiz

A las cinco de la tarde del día veintiocho de julio se consuma el drama. Al pie de la Estatua a la Libertad, los cadáveres de Robespierre, Saint-Just y veintiuno más, contando a Lebas, son depositados en el carro de los ajusticiados. Solo Lebas, suicidado con un tiro en el corazón, mantiene su cabeza. Dicen que Robespierre ha intentado suicidarse y tan solo se ha destrozado la mandíbula. Unos jóvenes guardias le han proporcionado pañuelos para restañar la sangre. Él solo ha dicho: «Gracias».

A las once de la noche del día veintiocho, Tallien declara y el pueblo de París aplaude entusiasmado, que este día es uno de los más bellos, porque el tirano ha caído.

He salido del hotel a esta preciosa y suave mañana del verano parisino. No es como anteayer. Hoy veintinueve es un día de fiesta, Multitud de personas se dirigen al centro de la ciudad; llevan escarapelas tricolores y lanzan gritos de viva y muera. Les sigo y veo a Julia encaramada en un carro de heno. Grito su nombre y ella chilla el mío. Me llama. Baja y coge mi mano y, en medio del gentío, nos dirigimos al Tribunal Revolucionario.

Voy arrastrado, más que llevado, por Julia hasta la cárcel. Los presos son liberados y aclamados como auténticos héroes. Julia abraza a Josefina, a Anna y a Teresa. No puedo evitar un piropo al ver junta tanta belleza.

Madame Tallien contesta tras revisarme de arriba abajo y ver la mano de Julia sobre la mía:

—*¡Sacrebleu, un monsieur espagnol!*

Y continúa:

—¿No tendrá nada que ver usted, D. Vicente Martín Soler, con D. José Soler y D. José Martín? Mi padre, en Madrid, hablaba mucho de unos conocidos que había hecho en Zaragoza; que estaban en Roma y en el cuarto de D. Luis. Antes de que me olvide: hágame el placer de guardar esto. —Me ha entregado un cilindro de plata y unas cintas de colores añadiendo—: No creo que nunca más me hagan falta.

Teresa Cabarrús continúa diciendo:

—No habrá otra ocasión, salvo en sus *ballets*, que vea a la hija de un banquero regalar algo de plata. Madame Tallien y la hija del ministro de D. Carlos III de España, D. Francisco Cabarrús, son la misma persona.

Julia me ha mirado. Ha cogido de una mano a Teresa y de la otra a Anna. Se han mirado. Julia ha soltado las manos y ha venido hacia mí. Ha sacado un cilindro de plata, unas tiras y un sello seco con una tiara de tres coronas. Me los ha dado.

—Tampoco a mí me van a hacer nunca más falta. Sé feliz, amigo mío. Hasta que nos veamos otra vez. Recuérdame.

Las cuatro se han alejado, asidas por la cintura riendo y hablando. Todos los hombres se volvían para ver su paseo.

SUITE

"Ballet"

¡Dios mío! ¡He terminado mi partitura! Está todo en ella. Eres tú desde Florencia. Desde la primera noche hasta que me despediste. ¿Recuerdas? Puede que tú no lo sepas, pero estás en todos mis días.

Tú, hecha maga, mi amor de mediodía. Julia, mi querer de siempre, el sol que me ilumina. María, mi refugio y mi melancolía. Ivanna, Rosanna, Banti, mis risas, mis aventuras, mis noches de fiestas junto a la cancela o Mariana, mi amistad eterna. Tú, hecha poder y fama, paseando por Nápoles, Madrid o Parma. María Amalia, mi reina, Carmen, Guadalupe, Pepita... Mis tiempos de partituras en pentagramas. Viena, la eterna escala, la música que embriaga. Constanza, mi amiga bella. Las noches españolas de violines sin guitarras. En París o en Burdeos, Teresa, Anna, Josefina. Tú, distinción y gracia. Tú, mi mujer. La única amada. Siempre has sido tú la que me llevaba porque siempre te pensaba y me dolías como me doliste desde que, con nuestro río delante, supe que no me amabas cuando leías distante.

Has ido creciendo nota a nota, mientras descansabas en esta ciudad que he llegado a amar solo porque es la tuya. Solo porque miras todas las noches su mar y porque recibes en ella cada madrugada mis flores.

Y me ha costado, no creas. Ha sido muy duro el sentir su frío y su inmensidad. Es frío todo lo nuevo, aunque sea bello, y lo es por ser desconocido. Nada que ver con el calor de mis calles de Valencia, de sus naranjos en flor, de la casa de mi abuelo, del baile de mi padre, de mis recuerdos y los suyos de Boadilla del Monte, de la única Corte en que se pagaba con aplausos el talento que a todos nos vuelve iguales.

Un día me dijiste no en el Arno y otro día no supe encontrar el viaje de retorno a tu presencia. Confundí tus toques con mis mallos y el calor de mi moscatel con tu sangre de drago.

Para qué engañarme. No hubo confusión sino miedo.

Nada hay nuevo bajo el sol, cuentan que dicen quién sabe cómo son los hombres y sus afanes pero esa conseja no me vale.

Quiero terminar con ella y crear bajo este sol de medianoche una alcoba hecha con los colores de tu librea.

Quiero que sean tus caballos los que marquen cada escena; quiero que sea tu isba quien la acoja, y sean el jardín, las lámparas y el piano, la llamada de la balalaica, el sonido de las voces en la esfera, los pasos perdidos en la antecámara, los espejos, el vodka, tu abanico, la danza... Quiero que seas toda tú quien baile en su presencia, multiplicada por treinta.

Hoy sí puedo decirlo. Estoy feliz. Al fin Lepicq ha terminado el *ballet*. No acaba de entender el por qué de esta extraña coreografía, y tampoco el papel de Ivanna en el vestuario, y muchísimo menos el tañer de dos guitarras y el solo orquestal de una balalaica.

Menos aún que deje el aire cosmopolita, italianizante, de mis composiciones orquestales sobre las que, ya desde Nápoles, asienta el éxito de sus *ballets*. No termina de entender esto que él llama "coqueteo mosco-peterburgista". Celoso, sé que va diciendo que lo que yo quiero es ser de nuevo el "músico ruso" de algún libreto que en secreto prepara Alejandro. Personalmente pienso que lo que más le importa es no ser el *primo ballerino*.

La verdad es que hoy ha bailado como nunca. De no ser por su inconfundible porte le habría elegido, sin duda, para el papel de mi Tatianna.

Lo que ocurre es que necesito treinta Tatiannas, todas iguales, todas con el mismo papel individual. No necesito un *ballet* al uso.

Preciso algo más. Algo que un soldado pueda entender como su sueño. Algo que un líder quiera seguir aunque le lleve a la muerte. Algo que un traidor sepa, viéndolo, que es su embuste.

Algo que sintiendo su belleza, la explosión de la misma y la comprensión de lo que pudo tener y perdió, le lleve a arrepentirse.

Todo el que me conoce sabe que siempre, o casi, he sido un músico ágil inspirado y rápido. Tan solo Mozart podía hacer música igual de rápido o incluso más.

A veces hablábamos de ello y Amadeo solo me decía:

—Soy más rápido que tú, tan solo porque pongo menos notas.

Miraba su composición y la mía. Mis óperas triunfaban en Viena y se repetían veces y veces; las suyas no. Y, sin embargo, las tocábamos juntos y le envidiaba. Era verdad; no sobraba ninguna nota... Pero tampoco faltaba ninguna. Su música era, dicho de forma muy simple, perfecta. La mía no. Era solo casi perfecta. Sobraba o faltaba alguna nota. Me lo hizo ver claro cuando utilizó mi música para su D. Giovanni.

Este *ballet* me ha llevado mucho tiempo, me atrevería a decir que toda mi vida. Lo he tenido paseando por mi cabeza, despertándome con su fuerza, cambiándose por ruido en mis días de jaqueca, poniendo sus brillos y sus adornos, sus *scherzos*, sus juegos de cambios de compases y de escalas reales en cada uno de los reconocimientos musicales, en fiestas, en besamanos salían pequeñas partes como cascadas musicales que luego, cuando las pautaba, eran solo aprovechables tres, cuatros notas; las demás sobraban; no eran las justas. Siempre faltaban las que necesitaba. Llegué a quitar todas aquellas notas que por su belleza incluso a mí me desviaban de la atención al tema principal: el *ballet* puro, los movimientos perfectos.

Ya no solo quería que la música hablase, quería que lo hicieran los cuerpos cuando a su compás danzasen. El movimiento tenía que ser como sus manos, como su voz, como su boca, como su pelo, como su cuerpo, como su dolor. Perfecto.

Y no lo era. Había días que paraba y solo daba mis clases de música para los hijos e hijas de la nobleza y alguna persona más que sabía que llegaría a ser un músico de verdad. Pienso que en el fondo quería ver a alguien a quien ni le sobrasen ni le faltasen letras, y hacer que él corrigiera mi poema, pero no lo había.

Desde que supe que Ribas volvía desde su ciudad del Mar Negro en 1796 hasta este año de 1800 esta fue mi lucha. La perfección comenzó a llegar a mi inspiración cuando lo tuve cerca y él ni me veía.

Simple, la simplicidad era lo que necesitaba; olvidar mis restos barrocos y ceñirme a un esquema simple y llevarlo a hacerse perfecto.

Tiene que ser siempre la misma melodía, solo subiendo y bajando medio tono o un cuarto, tiene que ser la misma base en cada movimiento.

Allegro con todos sus puntos, *ora* con *brio*, luego *ma non troppo*, *andante* y al final un *adagio maestoso* tan intenso, tan cautivador, que haga necesario continuarlo hasta el final, del que Ribas no pueda huir sino que sienta la primacía *de deux*.

Ya es hora es de preparar el *atrezzo*. Ya están dispuestas la coreografía, la música y la escena. El dinero que necesito no es problema. Sobra. Los *skopies*, Sonia, Ivanna, Grigory y el aparecido Alexis ponen todo el oro que haga falta para vengar a su señora, confidente y amiga. Solo piden paladear este tiempo sin prisa. Hay tiempo de sobra para cazar el lobo.

Necesito orquesta pero eso, en Rusia, es el menor de los problemas.

Haré mil ensayos. No puede haber ni atril ni partitura. Yo, el director, estaré más pendiente de la trampa que del proscenio. No puede haber ni una nota fallida o sacada fuera del contexto.

Tiene que ser todo perfecto. Tiene que ser la misma música pero sin coros, sin más voces humanas que las que oí en mi noche de Florencia. Los instrumentos tienen que ser esas voces humanas... O de fantasmas... O solo la de ella. Todo debe ser perfecto.

Mi Princesa esperará en un *plie* en el centro, como una más. Otra princesa la hará comenzar. Clásica, en *pas a deux* y la elevará. Continuará con un *glissade en arriere* apartándose de sí misma. El resto de las bailarinas se mantendrán de espaldas al embarcadero. Mirará hacia donde fondea Ribas y comenzará el movimiento pasando, de acuerdo con mi música, a un *demi-plié* comenzando un arabesco. Así terminará los pasos de aproximación mientras mis *skopies* marcan un *allegro ma non troppo*. Un *montado* y Anna se elevará en el aire para caer con los dos pies juntos en la quinta posición. Mirará al embarcadero y se cubrirá el rostro. Un *grand-asamblé* girado y volverá a mirar a las espaldas de las princesas que esperan.

Comenzará un *allegro* enérgico, animado. *Jeté, cabriolé* que indicarán la apertura de compases para el resto del cuerpo de baile.

Las mil personalidades de Anna se han enterado que José ha desembarcado. Una alegría inmensa les invade. Ha llegado carta del amado. Ligeras, etéreas, suaves, como guirnaldas impulsadas por el aire se ayudan, se entremezclan, giran y ejecutan dirigiéndose hacia el recién llegado, el esperado, un *glissade en avant*. Lo rodean y ejecutan un *balance en tournant*.

Mi *primma ballerina* ejecuta un *ballonne compose* y en la salida otra princesa baila, separada por un pasillo de bailarinas un *grand pas de deux*.

No existirá la *coda*. Cada una de ellas mecerá en sus brazos un arlequín de trapo realizando con él un *assamble dessus porté*. Comenzará entonces la orquesta a interpretar los primeros compases de un *Adagio*.

El *asamblé* del *ballet* será golpeado por un solo orquestal de la balalaica y mi *castratti* entonará un aria de Pórpora. Habrá un *brisé* comenzado a dos pies. La pierna cepillará de la quinta a la segunda posición y un *arriere* dejará a Ribas delante justo de mi *prima ballerina*, mi Princesa Anna, yerta.

Cadenas, argollas, seda encarnada hecha jirones semicubriendo su cuerpo blanco, espectral y el *laszio io piango* del *Rinaldo* de Haendel hará de telón de fondo.

Su misión, la de terminar reptando y llevando a Rusia un "problema de Estado", dejará en este momento de serlo. Pondré al soldado no delante de su encargo sino del resultado.

Las bailarinas cierran el círculo mientras coros, voces en la distancia, susurros y, como lo hubo siempre, la voz de la estepa y de las inmensas distancias llama a las almas. La voz que llora ausencias mientras reclama amor. La voz de la madre Rusia. Más de una vez he pensado en lo fácil que sería tener esa voz si Farinelli viviera.

Años buscándola y tenerla, sin saberlo, tan cerca. Mientras solo quedan las antorchas en rededor de mi Princesa muerta, que a medida que se enciendan, con un *crescendo* orquestal, harán que mi Anna, azul y blanca, abra los ojos y tienda los brazos, desdibujados por la palidez del maquillaje, al mensajero del amado que la lleva a su lado.

Quería, y quizás haya sido esta la parte del *ballet* que más haya costado, hacer entender a Lepicq que la Princesa muerta tendrá que incorporarse y comenzar un *ball du caractere*. Quiero que todas y cada una de las intenciones que llevan mis notas se trasladen al movimiento de baile y que cada uno esté asociado con la particular intención que mi música debe concitar en el traidor. No sabía expresar el cómo y menos sin decir el por qué de todo ello.

Al final, y como siempre, he recurrido a mis imágenes de niño. A los pasos de baile de la despedida de mi padre de Boadilla, tras haber sido injuriado por la advenediza de la Vallabriga.

He recordado las noches de Madrid y las he tocado al piano. He continuado con una seguidilla, finalizado con un martinete y contado un cuento.

Le he hecho ver que no cabían componendas. Eran sentimientos los que estaban en juego y no pequeñas cosas, sino la ira por el desamor y la urgente necesidad del perdón.

Le he tenido que hacer ver que no era tan solo incrementar el sentimiento de una Dido abandonada, ni tan siquiera de una heroína muerta. Le he tenido que decir y obligar a ver por qué no cabía la coreografía de un *ballet a la mode* y por qué no podíamos buscar, con nuestra brillante *mise en scene* el aplauso del público.

No habrá público en esta única representación. No es tan solo el lamento de una Reina seducida y abandonada. Mi Princesa no perdió el amor. No lo tuvo nunca.

No perdió tan solo al que amaba sino todo lo que amaba. Le robaron la voluntad y el alma y perdió, poco a poco, la vida en una mazmorra.

Aun así, no es venganza lo que pide a quien la abandona. Es saber, entender por qué pasa. Ya lo ha comprendido y lo sabe cada noche, mientras la cubre el agua.

Quiere que cuando Ribas la vea sepa que lo sigue queriendo por llevarla con él y quiere que la entienda. No quiere culpar al mensajero sino tan solo a ella por creer en el amor que en cada carta le entregaba.

Livorno, Ancona, Amalfi. Bailar toda la costa sentida *minué* mientras le esperaba.

Para ella no ha pasado el tiempo cuando lo ve. Le da la oportunidad de volver a partir en su velero blanco y azul y confundirse con el mar. Perderse y tornar. Solo le tiene que decir lo que le puede pasar si continúa. Si lo hace, ella le perdonará. Tiene que entender que seguirá, aun sabiendo lo que le espera. Es el alma la que anhela perderse en la inmensidad de la furia de la noche, donde el diablo de la ambición ha hecho presa. Confía en que la campana de su risa, de su belleza, de la dulzura del amor, que solo espera encon-

Juan Antonio Abascal Ruiz

trar a su amado, sea suficiente para que el demonio ceda.

Que Lepicq entendiera la dulzura de mi Princesa mientras le llama ha sido más sencillo de lo que esperaba. Simplemente le he presentado una copia del retrato de la Condesa de Chinchón mientras le contaba el cuento y con él la necesidad de encontrar en este *ballet* también mi perdón por no estar cuando me necesitaba.

La magia de la modelo ha hecho el resto; solucionando así el final, tanto orquestal como del *ballet*, para este acto. Ha bastado un *echappé*.

Ha querido saber más. No terminaba, como buen francés, de entender esa mezcla tan rusa y española de perdón, desamor, pena y ausencia. Creía que íbamos a repetir escenas de otros *ballets* o poner coreografía a *Giovanni*, al *Comendador de Ocaña* o a *La torre de las dos hermanas*.

Quería que le leyera el último acto y su libreto. No he podido decirle que aún no sé siquiera si existirá y, de serlo, cómo transcurrirá.

Tengo una idea. Pero, ¿será cierta? He tenido que decirle uno, pero sin nombre de protagonistas. Solo mitología, que es donde mi coreógrafo mejor se mueve. Le he oído mil veces decir de sí mismo cuando enseña: «Un dios enseñando a bailar a otros dioses». Dejémosle creer que esta vez será así.

Lo he hecho.

Anna mira la cara de Ribas muerto. No puede soltar la mano que aprisiona la suya. Siente que el calor de José la traspasa y la llena. A medida que ella siente la vida, una sonrisa ilumina la cara del que la pierde. Sabe que le ha pedido el perdón que llevaba años esperando. Cierra los ojos del soldado con un beso. Se inclina en una reverencia. Se incorpora y camina muy lentamente hasta el malecón y baja las escaleras volviendo al agua donde desaparece poco a poco, viva.

Irá de nuevo a su mazmorra bajo el agua, pero ya nunca más será un fantasma. Sabe que ha fallecido por no negarse a ser, mientras vivía, un "Asunto de Estado".

Le queda la esperanza de que, algún día, quizás en otra vida, su amor también le pida perdón como ahora ha hecho quien la raptó. Quizás no hubiera debido decirlo. Tendría que haber finalizado aquí la explicación que Charles me pedía.

¿Sabes? Esa era mi intención. No me he dado cuenta, como otras veces, como siempre ha sido a partir de la primera vez que al verte abrí la boca. No he podido cerrarla. He seguido hablando para mí, pero lo he hecho susurrando, tal y como hablo siempre que siento que comienza la migraña.

Solo falta que una noche, cuando yo vaya a llevarte las flores, me las devuelvas. Entonces sabré que me has perdonado por no estar cuando me necesitabas. Lo sabré cuando me digas:

—Buenas noches. Hoy comparto tu soledad en mi playa. Quiero cortar tu horizonte y tu palabra. Disculpo tu atrevimiento y tu presencia.

Sé que me recuerdas. Sé que cada noche me buscas en el agua. Acabaste con mi tiempo de espera. Quieres que te diga y no puedo, pero sí te diré que hace tiempo, mucho tiempo, mi niño músico, que te debo un cuento. ¿Sabes? Los cuentos no son de quien los dice sino de quien los escucha.

Por eso, mi pequeño paje, dame uno de tus versos y haré con él un puente para acercarme a Sonia y pedirle, como a ti, que venga conmigo.

Dame un poema, para navegar en sus letras, y que sea el viento de su sentimiento el que nos sirva de barca. Que él nos lleve a la isla de fantasía donde mora tu historia. Busquemos a nuestra maga y pidámosle su compañía...

Ven. Dame tu mano. Deja tu horizonte gris, lleno de mar y de añoranza. Deja de pasar notas en tinta sobre espuma. Vamos, mientras me miras y te digo: «Érase una vez», solo porque así comienzan todos los cuentos, «que una Reina reunió a varias personas en su morada de invierno. A una le pidió cantos muy de mañana. A otra, calma en noches de luna llena».

¿Sabes? La Reina sabía de sus versos y de sus historias. Sabía que sus palabras le animaban a hablar, a decir lo que pensaba. Siempre que la maga cambiaba las palabras, salían de su boca cometas hechas de bellos colores con cola de papel de plata. Hacía que cada una fuera un tono distinto de su bahía de camelias blancas, de su salvia y su romero, de su puerto de olivos.

En la bahía de tu libreto fondean recuerdos de todos los viajes que llevan en la vida dos orillas, de amanecida y noche, por un mar inmaculado lleno de bellos presagios.

Ella pidió una historia y tú se la diste a cambio de un sueño, un viaje, una promesa, una palabra, un cuento.

La Reina envió correos en nubes con céfiro blando y en esa carta, mi niño chico, te pidió un regalo. Te pidió toda tu vida. Tu isla de encantamiento. Tus manos y tu palabra contada de punta a punta.

Lepicq me ha oído. No me ha dejado continuar y ha suspirado. En *tournant* ha sacado un pañuelo y secado una lágrima. Apenas ha mojado la esquina de la puntilla y, al darse cuenta, ha sacudido enérgicamente la tela y la gota, aún no totalmente seca, ha caído al suelo.

La ha pisado con la punta del zapato y en un *demi plie*, tras haber visto que se confundía la lágrima con el suelo, ha girado y comenzando un *avant* ligero y presuroso.

Ha espetado, enojado: «*Toujours une femme*». Y me ha dejado.

He sonreído mientras le veía alejarse, casi volando, etéreo. He pensado que también mi padre danzaba así, pero él lo hacía meciendo en sus brazos a mi madre, en Valencia, en Madrid, en Aranjuez y en La Granja. Hoy, en mi recuerdo, han bajado del cielo para hacerme reír en este Palacio de Invierno.

Han pasado seis Navidades y he continuado yendo, cada noche, al malecón rosa. He sentido todos los perdones y he seguido llevándote flores, con la esperanza de ver en mi mejilla tu beso y en tu cara mi sonrisa de niño bueno.

Suena raro, ¿verdad? Sé que es mi mejor melodía.

Toda la vida queriendo escribirla y sé que solo, como el *ballet* que hice para ti y para Ribas, la veré yo.

Había pensado, si alguna vez llegaba, que sería brillante, mucho metal y grandes sostenidos. Que serían necesarios varios movimientos, gran orquesta e instrumentos solistas.

Nada de eso. Ha sido muy sencillo. Sencillo como mi cuarto de Florencia. Mucha luz. No la he terminado. Lo has hecho por mí, tú.

Siento que está terminando mi cuento. Me has devuelto las flores. Ha parado el viento. Han pasado los años, pero mi Reina: no ha cesado mi aliento.

Esta noche, antes de que te vayas por el camino de la luz hasta tu isla sobre el Arno, déjame que una mi silencio de almendras y de olivos, de arrayán y romero, del espliego que siempre llevo dentro. Espera que hable con Iván y Grigory, con Sonia, con todos los que te aman para que sepas lo que callan hasta que te vean.

He llegado a casa como todas las noches. He buscado en la vodka la espera de lo que llaman mañana. Me he acostado y te he oído cantar junto a mi cama.

Mi Princesa enamorada: me hablas no diciéndome nada.

Sinfonía de los siete soles

Me hablan tus silencios y tus miradas. Me hablas cuando me cuentas de ti, sin contar apenas. Solo sentir que me dices que no pasa nada, que todo está bien, aunque fallen las palabras.

He intentado levantarme y acercarme al piano para escribir lo que me dicen tus manos recorriendo mi espalda, tus dedos sellando mi boca y... No he podido ir.

Puedo, Anna, darte todo sin pedirte otra cosa que no sea dejar de sentir tu silencio de estos seis últimos años.

Cada noche un dúo de olores de espliego, unos versos, unas palabras, unos silencios. No un devolver pétalos, sino sentirlos en tu pecho, arrebolando tu piel para poder terminar mi vida con tu: «Amigo mío, te quiero». Aunque ya no sea nada, eso de verdad es cierto. Te juro que siempre te siento. Y me has tendido la mano, parte de este mar blanco.

¿Sabes? Toda el agua reverberaba con los dorados que se desprendían del sol de anochecida mientras te acercabas. El pelo lo tenías fijado en cara y pecho, con el cuerpo tachonado de estrellas de amarilla espuma.

El cielo se ha llenado de colores intensos. He visto las líneas rectas y vacías de mi cuaderno de música.

He visto cómo traías en tu capazo florentino corcheas, fusas, semifusas y claves de sol y la aurora boreal no era otra cosa sino la rosa que guardo en mi libro, junto al corazón, desde Florencia. Tu beso sigue siendo fresco y tus labios palpitan en mi corazón

cuando recojo esa rosa a la que no le falta ni un péta-
lo.

Siempre el Sol, siempre, siempre... Las claves se
han abierto y me han cantado tu voz.

—Hasta siempre Vicente. Hasta siempre mi niño
músico. Eterno soñador encantado. Pon en la música,
junto a todo tu amor, para ti todo mi cariño. No puedo
darte mi amor. Siempre has sabido que aquél no sería
un dúo compartido.

30 de Enero de 1806.

Hoy sí. He sabido que solo tenía que inclinarme
sobre la borda y llevar mi mano acariciando el agua.
He recogido tus flores sobre el Neva y ha cesado para
siempre mi dolor de cabeza. He notado tus manos
acariciándome, diciendo:

—¡Chist! Tranquilo, no es nada.

Y me he visto.

Y junto a mí ibas tú, los dos cada vez más niños,
hasta que he dejado de verte para ver tan solo a mi
madre en el arco iris del cielo.

Tras eso, solo el recuerdo.

Luego, violetas que huelen a magia, cuentos, romero, sueños, soles y espliego.

www.ingramcontent.com/pod-product-compliance
Lightning Source LLC
Chambersburg PA
CBHW021241260626
47155CB00004BA/1261